# 慕晚萩

小說×劇本
雙重收錄版

徐磊瑄 著

# 目　次
# CONTENTS

# 【名家聯名推薦】

**風信子**

又名是風不是你，現任鏡文學簽約作家，i聽聽有聲平台簽約作家，四也文化出版簽約作家。原創小說出版電子書近二十本，有聲書六本，作品曾授權香港遊戲公司改編為視覺小說。

**葉鳳英**

以《出走》一劇入圍金鐘獎最佳編劇，同時榮獲華視最佳編劇獎。以《軌跡》一劇榮獲中華編劇學會魁星獎。曾任三立《霹靂火》、《金色摩天輪》等劇編劇群。曾任《白露鷥的願望》、《八兩金》、《大時代》、《我租了一個情人》、《1989一念間》等劇之統籌編劇。

**劉中薇**

淡江大學「創意課程」兼任講師。三立《未來媽媽》、湖南衛視《涼生，我們可不可以不憂傷》、江蘇衛視《檸檬初上》、中視《女王不下班》等劇之統籌編劇。此外尚有小說、詩集、散文等十餘本著作發行。

**謝定瑜**

偶像劇知名編劇、導演，長期從事長篇連續劇創作。作品有：台視《閱讀時光II：生活是甜蜜》導演、台視《我的完美男人》、《半熟戀人》、《親愛的，我愛上別人了》、《春梅》等劇之編劇。

# 【推薦序】／風信子

記得，與磊瑄認識是透過她在網路文學平台的一本《寫作指南──邁向你的作家之路》而結緣的。那時的我，正好參加平台舉辦的兩岸文學ＰＫ大賽，恰巧看見磊瑄的著作《寫作指南》，一時茅塞頓開，便相詢留言，聊起寫作的諸多事情來。

雖然，那次的ＰＫ賽我僅是入圍未能得獎，但也因此與已是出版作者兼電視編劇的磊瑄熟識，自此時常見面餐敘，聊寫作點滴。之後，我們各自在兩岸三地繼續創作屬於自己的故事，其間，還多次承蒙磊瑄指導劇本寫作，讓我感到受惠良多。

話說，在出版業景氣如此不振的狀況下，仍願意持續寫作的除了熱愛，還能有什麼理由呢？所以，當磊瑄希望我幫《慕晚萩》寫推薦序時，倍感榮幸的我一口就答應了。

花了兩個晚上，我將故事看了兩遍，並沉澱了一些時候才著手打字寫序。《慕晚萩》與之前磊瑄書寫的故事不同，多了深切的情感與人生體悟，一如故事中慕晚萩說道：「真實世界裡的每個人都不是主角，也都是主角。」又提道：「曖昧的兩人看似親近，內心無形的距離實則最遙遠。」

人的一輩子，要在對的時間遇見對的人本就不容易，可如果遇到喜歡卻不是對的人該怎麼辦呢？「就升華為真正的朋友吧」，那貌似女友，卻已經不是女友的女二這麼說。

以前的我，常不能理解「相愛卻不能相守」這種話，總認為努力克服一切的才是真愛。但在讀了《慕晚萩》後，終於瞭解，有些人、有些事，不是「努力」，也不是「改變」就可以圓滿的，因為勉強來的，不是原來的他，也不是原來的那個她了……

故事讀到最後，其實最讓我佩服的，是磊瑄勇於改變創作的一種突破。故事裡，敘述的雖然是男女之間的感情，實則是透過每一個人物，闡述各種不同的人生哲理，可這種貌似嚴肅卻又非常實際的故事，要如何以「劇本」的方式呈現出來呢？

就讓我們一起來讀——《慕晚萩》吧。

## 【推薦序】／葉鳳英

成為編劇的途徑通常分兩類，一個是從文字；另一個則是從影像。

我個人是從文字，從寫小說之後進入劇本創作，所以剛開始寫劇本時，時常寫些辭藻優美卻無法影像呈現的劇本，編輯也以文字思考為主，強項是對白。而從影像進入劇本寫作的，多半本科就念戲劇，又或者從事戲劇其他相關領域的工作，但對劇本創作感興趣而進入編劇行列。這樣的編劇對影像敏銳度更高，整個思考邏輯都是影像的，擅長以畫面說故事。

磊瑄很特別的是，兩項專長都有，她既是文字工作者，在學校也學習過影像與設計，因此她在影像與文字上都十分敏銳，並且游刃有餘。

我編劇班的學員很多從事小說寫作，因為興趣而來編劇班學習編劇技巧，我總告訴他們，即便將來不寫劇本，來學習一樣用影像寫作的技巧，對小說創作也會很有幫助。早期我們擅長閱讀，所以能從很多修辭裡找到美感，但後來漫畫書漸漸凌駕文字書，成為新一代人的閱讀主力後，用影像說故事的人越來越多，懂能用影像享受故事的人也成為大宗，若小說能夠更充滿影像感，絕對會更受歡迎。

磊瑄的小說，一直都是可以直接拍攝的，充滿畫面感。

但我萬萬沒有想到，她會直接以這樣的方式出版一本書——同時是小說與劇本，甚至可以讓有興趣的讀者，直接對照小說與劇本的寫作差異，深刻覺得，這不只會是本創作書，也會是本工具好書。

這本書光看書名就非常磊瑄，優美且意涵深遠，裡面每個角色的取名，也都「不似在人間」，充滿著詩意，一如作者本人。而從女主的設定裡，我也看到磊瑄的影子，溫和中帶著傲氣與慧黠，那是一股文人氣，磊瑄就是這樣的，從晚萩與家男的對話，就可以看出。

後面的故事雖然涉及了各種都會男女婚姻與感情問題，但能感受到作者對於愛對於人生依舊懷抱希望，這點上揚的企圖，也是我非常欣賞且努力在實踐的。如果硬要我挑出點毛病，我會建議磊瑄多點人間氣，柴米油鹽啊，更落地一點。但我怎能如此要求，這不就是磊瑄的特色嗎？如果俗了，就不磊瑄了！

磊瑄寫作非常個人，耽溺故事也很深，所以容易寫出別人寫不出來的故事。但同樣的，欣賞她的故事得把自己交給她，先把自己拋開後，隨著她去展開另一段旅程。建議你也用這樣的心情，去閱讀這個故事。

# 人物表

**1. 慕晚萩**

45歲，暢銷作家，早年曾談過幾場戀愛，對象都很不錯，但因不足為外人道的原因致使戀情無疾而終，年屆不惑，她則隨緣順緣不再強求。事實上她覺得自己並不適合婚姻，若無理想對象，不排斥與閨蜜共組家庭。對於情感對象她其實很是挑剔，期望的伴侶並非一般世俗標準。因出書緣由進而與尋晴相識，同為創作人之故，她們成為忘年之交，她總以自己豐富的人生閱歷，時常予尋晴醍醐灌頂之引導。

**2. 艾尋晴**

33歲，單身，父母皆為公務員，兄長則於醫院事醫技職，家世清白簡單。除了接出版社案子以外，亦念碩士班。迫近大齡之故因而被家人催婚，渴望婚姻與家庭。性情上傾向淒美主義，且因文學出身、寫作之故，很多事物所追求者皆為含蓄美，愛情亦如是，故其情愛標準絕非世俗。於她而言，家男如天邊星，亦如酈水雲所言，像一陣風一樣不會為任何人停留，是以她沒有把握能夠真正留住他。最美麗的事物不去擁有，就能永遠停駐在最美好的回憶裡永不褪色。然尋晴亦聰穎，期望自己能夠永遠被家男記住，鑿刻心版上，是以婉拒他的追求。後拿到博士學位，於大學任教。

**3. 查家男**

35歲，高中畢業後即被送往美國芝大留學，直到研究所畢業後回臺。是微星百貨公司總經理，家世學歷雙好，有能力有才華，且英俊瀟灑很受女性青睞。對異性心態即欣賞各種不同風情萬種的女人，女人宛若世界各地迥異的美景，每一道皆吸引他駐足流連。

就女人觀點來檢視，他是一名「渣亦有道，渣而不爛」永不與女人撕破臉的暖渣。在他身邊者大多為家世好、學歷高、長得美、氣質佳、有能力的女人，他亦認為，只有這種女人才配得上自己。透過出版合作，他與尋晴有所接觸相互瞭解，進而對她有所好感。雖然她在家世上略為平凡，但各方面條件都很不錯，性情與自己較為契合，尤其沈雲生事件，尋晴以智慧判斷之後相信他，進而在他心中鑿刻了更為深刻而無可抹滅的一道痕跡。

**4. 鍾于士**

33歲，尋晴大學同窗好友，亦是閨蜜小艾的夫婿。雖是愛家愛子認真工作的好男人，然而面對婚姻生活的無趣與壓榨，他逐漸地失去了自己，對於尋晴所言斷章取義，於是深埋心底的慾望之田被燎原，一度欲與尋晴譜一曲婚外戀，後為尋晴的義正辭嚴所打醒，進而檢討自己，修補與妻子之間的婚姻關係與狀態。

**5. 酈水雲**

32歲，家男的女友。容貌美麗、氣質出眾、家世好、學歷高、能力強，對於事業擁有極度企圖心。性情較為幹練強勢，為了工作曾拿掉家男的孩子，最後仍為自己的事業而主動向家男提出分手。

**6. 小艾：**33歲，尋晴的閨蜜之一，亦是尋晴大學時期的同窗鍾于士之妻。

**7. 小咪：**33歲，尋晴的閨蜜之一。

**8. 家萱：**33歲，尋晴的閨蜜之一。家萱與家男同為美國芝加哥大學的同窗。

**9. 陳逸言：**40歲，出版社總編輯，很信任尋晴的工作能力。

# 楔子｜暖渣暖渣我愛你

家男提著公事包入內，一派神情得意地看向大辦公室裡所有的女同事。女同事們見家男雖身著筆挺西服，卻是一個野獸的頭像。

家男從所有女同事陌生不認識他的反應，覺知自己身上的不對勁。他思索了一下恍然大悟，便自公事包裡取出一個「暖男」的面具戴上。驟然間，所有女同事全都認出他來了，所有女孩都笑得非常開心，一個個地向他說聲「總經理早」。他也揮手一一地朝每個女孩微笑招呼。

走過所有女同事，接受了「歡迎」儀式以後家男繼續地往前走。他回過頭來，眼神對著所有人放電，然後做了一個沉穩帥勁又神采飛揚的表情。

◎○◎

一雙男人的手，將手機固定在自拍三角架上，然後按下錄影鍵。

翠微躺臥在床上，一件白色被單覆著裸裎的胴體。家男則赤裸著上身然後鑽進被單之中，擁著翠微開始親吻，翠微亦熱情地回應他。

兩人纏綿的身軀微微地蠕動……

◎○◎

總裁與家男於小會議桌前對坐，總裁一臉凝肅地注視著他。

他將筆電螢幕轉面對家男，「你看一下這個視頻。」

「這是？」

S：1　　　　景：辦公室
時：日　　　人：家男、女同事們

△家男提著公事包入鏡，一派神情得意地看向大辦公室內所有的女同事。

△女同事們主觀視線，見家男雖身著筆挺西服，卻是一個野獸頭像。

△家男從所有女同事陌生不認識他的反應，覺知自己身上的不對勁。他想了一下恍然大悟，便自公事包裡取出一個「暖男」的面具戴上。

△驟然間，所有女同事都認出他來了，所有女孩都笑得非常開心，一個個地向他說聲「總經理早」。他也揮手一一地朝每個女孩微笑招呼。

△走過所有女同事，接受了「歡迎」儀式以後家男繼續地往前走。

△家男回過頭來，對著鏡頭放電，一個沉穩帥勁又神采飛揚的神情。

△畫面全黑。

△Fade out.

S：2　　　　景：酒店房
時：日　　　人：家男、翠微

△Fade in.

△一雙男人的手，將手機固定在自拍三角架上，然後按下錄影鍵。

△畫面呈現手機正在錄影的狀態，翠微躺臥在床上，一件白

「你看了就知道。」

家男操控滑鼠按下Play鍵，視頻是一對男女滾床單的畫面。他有些狐疑，仔細一看，畫面裡的男主角竟是自己，不由得震愕萬分。他再繼續地看下去，視頻裡的男人，不論面容、身材與自己皆很相似。

家男站了起來，有點激動地解釋。「總裁，我從來沒有跟鍾翠微有過這種關係。」

「那視頻裡的男人是誰，難道你有雙胞胎兄弟？」

「當然沒有，可是，這個人真的不是我。男人就要有所擔當，是我就是我；不是我，您要我如何承認？」

「行，那你給我一個合理的解釋？」

家男答不出話來，暗歎一口氣跌坐在椅子上，以手支額思索反應。

「不說話就當你是默認了？」

家男沒有任何動作，亦未言語，像是一尊雕像一樣杵著紋絲不動。

「你跟鍾翠微有這種關係，她是沈雲生的秘書，你們的關係匪淺？」

「我與沈雲生本來就不合，怎麼可能與他同流合污？」

「『不合』或許只是表面，性愛視頻足以證明你與沈雲生交情不一般。」

「您的意思是，沈雲生拿他的女人來酬謝我？」他不禁失笑，「那女人入得了我的眼嗎？我再次強調，視頻裡的男人不是我，不信的話可以找鍾翠微來對質。」

「她已經離職，恐怕早跟沈雲生捲款去了美國。何況若要酬謝你，除了女人應該還有其他利

色被單覆著裸裎的胴體。家男則赤裸著上身然後鑽進被單之中，擁著翠微開始親吻，翠微亦熱情地回應他。

△兩人纏綿的身體微微地蠕動……

△Fade out.

| S：3 | 景：總裁辦公室 |
|---|---|
| 時：日 | 人：總裁、家男 |

△Fade in.

△總裁與家男於小會議桌前對坐，總裁一臉凝肅地注視著他。

△總裁將筆電螢幕轉面對家男。

總裁：你看一下這個視頻。

家男：這是？

總裁：你看了就知道。

△家男操控滑鼠按下Play鍵，視頻是一對男女滾床單的畫面。

△家男有些狐疑，仔細一看，主觀視線畫面裡的男主角竟是自己，不由得震愕萬分。他再繼續看下去，視頻裡的男人，不論面容、身材與自己皆很相似。

△家男站了起來，有點激動地解釋。

家男：總裁，我從來沒有跟鍾翠微有過這種關係。

總裁：那視頻裡的男人是誰，難道你有雙胞胎兄弟？

家男：當然沒有，可是，這個人真的不是我。男人就要有所擔當，是我就是我；不是我，您要我如何承認？

總裁：行，那你給我一個合理的解釋？

△家男答不出話來，暗歎一口氣跌坐椅子上，以手支額思索反應。

總裁：不說話就當你是默認了？

益。你別惱，我這也是合理懷疑。」

聞言，家男簡直愕然不已。

◎○◎

茶館裡，一個隱密的桌位，家男與尋晴相視對坐。

「全天下的人都不相信我，但尋晴，性愛視頻裡的男人真的不是我。」

尋晴理解，但仍再次確認。「真不是你？」

「對，那個人不是我，我也沒有跟沈雲生一起同流合污。」

「既然你這麼說了，那我就相信你。」

聞言，他反倒意外。「為什麼？」

「第一，視頻裡的女人，直覺你不會喜歡；第二，從你的工作表現就知道你有擔當；第三，以家世背景與成長環境的養成來看，你應該不會有這種貪婪犯罪的念頭。」

「第三點，什麼意思？」

「一個從小不虞匱乏，看著錢長大的人，會覺得錢很稀罕嗎？」

他感到欣慰，「謝謝妳願意相信我。」

「只是，要如何證明，視頻裡的男人不是你呢？」

說到這裡，不由得讓他很是懊惱反應。

△家男沒有任何動作，亦未言語，像是一尊雕像一樣杵著。

總裁：你跟鍾翠微有這種關係，她是沈雲生的秘書，你們的關係匪淺？

家男：我與沈雲生本來就不合，怎麼可能與他同流合污？

總裁：「不合」或許只是表面，性愛視頻足以證明你與沈雲生交情不一般。

家男：您的意思是，沈雲生拿他的女人來酬謝我？（失笑）那女人入得了我的眼嗎？視頻裡的男人不是我，可以找鍾翠微來對質。

總裁：她已經離職，恐怕早跟沈雲生捲款去了美國。何況若要酬謝你，除了女人應該還有其他利益。你別惱，我這也是合理懷疑。

△家男愕然不已。

| | |
|---|---|
| S：4 | 景：小咖啡館 |
| 時：夜 | 人：家男、尋晴、環境人物 |

△家男與尋晴對坐。

家男：全天下的人都不相信我，但尋晴，性愛視頻裡的男人真不是我。

尋晴：（理解，但再次確認）真不是你？

家男：對，那個人不是我，我也沒有跟沈雲生一起同流合污。

尋晴：既然你這麼說了，我就相信你。

家男：（反倒意外）為什麼？

尋晴：第一，視頻裡的女人，直覺你不會喜歡；第二，從你的工作表現就知道你有擔當；第三，以家世背景與成長環境的養成來看，你應該不會有這種貪婪犯罪的念頭。

家男：第三點，什麼意思？

**一個叫做慕晚萩的熟女，與另一名輕熟女艾尋晴的故事。**

書房裡，晚萩正在寫稿。

寫稿之餘，晚萩總會騰點時間喝咖啡同時閱讀。

又或者她會抱著寵物狗，在客廳裡親暱地與牠說話玩耍。

黃昏時分，她慣於陽臺上眺望傍晚的城市景致。

她時常於心下想道：「熟女在歷經許多愛情閱歷以後，變得既成熟獨立且更為忠於自我，因此對於婚姻再也沒有如少女一般的憧憬，在對的人出現以前，更懂得如何自處，更明白何謂隨緣順緣。而輕熟女或者大齡女子，在面臨年齡壓力的當口開始急於尋求適婚對象。究竟是真想結婚，還是為了結婚而結婚，所以才想談戀愛呢？」她很想探討關於熟女戀愛與婚姻方面的問題，這將會是她往後寫作的題材與方向之一。

尋晴：一個從小不虞匱乏，看著錢長大的人，會覺得錢很稀罕嗎？
家男：（欣慰）謝謝妳願意相信我。
尋晴：只是，要如何證明，視頻裡的男人不是你呢？
△家男懊惱反應。
△Fade out.

S：5　　　景：雜景
時：日／昏　人：晚萩

△Fade in.
△畫面全黑。
△上字幕：「慕晚萩」。
△Fade out.
△Fade in.
△黑白畫面處理，晚萩正在寫稿。
△晚萩喝咖啡同時閱讀。
△晚萩抱著寵物狗，親暱地與牠說話玩耍。
△晚萩看向傍晚的城市景致。
△以上畫面，搭以下晚萩OS呈現。

晚萩：（OS）熟女在歷經許多愛情閱歷以後，變得既成熟獨立且更為忠於自我，因此對於婚姻再也沒有如少女一般憧憬，在對的人出現以前，更懂得如何自處，更明白何謂隨緣順緣。而輕熟女或者大齡女子，在面臨年齡壓力的當口開始急於尋求適婚對象。究竟是真想結婚，還是為了結婚而結婚，所以才想談戀愛呢？
△畫面全黑。
△上字幕：「兩世代女人的對話」。
△Fade out.

# 第1話｜兩世代女人的對話

視線自一本厚重的小說拉開，慢慢地移至晚萩恬靜的臉龐，她正坐於書案前，邊閱讀邊喝著拿鐵咖啡。

門鈴聲響起，晚萩反應。她起身走到門口開門，見是身著襯衫、點綴小飾品手鍊、著小喇叭牛仔褲，蓄著一頭及肩短髮的尋晴，與一名扛著機器的攝影師，以及另一名拎著器材的燈光師正站在大門外等候。

晚萩朝他們微笑，「妳一定是艾尋晴，對嗎？總編輯跟我提過，妳會帶一位攝影師跟一位燈光師過來。」

「是的，我是艾尋晴。您好。」

晚萩親切地說道：「來，快請進。」

於是一行人入內，來到客廳。

尋晴顧盼，見屋內陳設很有格調，不覺眼前一亮。「哇，好有慕晚萩的詩意浪漫格調喔，很適合我們一會兒的拍攝。」

「很高興妳喜歡。」

「對了，可以稱呼您『晚萩姐』嗎？」

晚萩朝尋晴點點頭，燦出一抹微笑。

◎◯◎

燈光師與攝影師早已架好器材，正在一旁做測試。

S：6　　　　景：慕宅客廳
時：日　　　人：晚萩、尋晴、攝影師、燈光師

△Fade in.

△鏡頭自一本厚重的小說拉開，上攀到晚萩恬靜的臉龐，她正坐於書案前，邊閱讀邊喝著咖啡。

△SE門鈴聲，晚萩反應。她起身走到門口開門，見是身著襯衫、點綴小飾品手鍊、小喇叭牛仔褲、及肩短髮的尋晴，與一名扛著機器的攝影師，以及另一名拎著器材的燈光師。

△晚萩朝他們微笑。

晚萩：妳一定是艾尋晴，對嗎？總編輯跟我提過，妳會帶一位攝影師跟一位燈光師過來。

尋晴：是的，我是艾尋晴。您好。

晚萩：來，快請進。

△一行人入內，來到客廳。

△尋晴顧盼，見屋內陳設很有格調。

尋晴：哇，好有慕晚萩的詩意浪漫格調喔，很適合我們一會兒的拍攝。

晚萩：很高興妳喜歡。

尋晴：對了，可以稱呼您「晚萩姐」嗎？

△晚萩朝尋晴點點頭，燦出一抹微笑。

S：7　　　　景：慕宅書房
時：日　　　人：晚萩、尋晴、攝影師、燈光師

△燈光師與攝影師早已架好器材，正在一旁做測試。

△晚萩坐在舒服的休閒椅上，身旁置有許多抱枕，身後有著

晚萩坐在舒服的休閒椅上，身旁置有許多抱枕，身後有著一大面書牆。

尋晴坐於晚萩身旁，大腿上置放著幾張先前所擬好的題目稿。

燈光師正在打光，攝影師則是走過來調整一下晚萩與尋晴的位置。

攝影師回到他的機器面前，朝尋晴比了一個「ＯＫ」手勢。

於是她正色，對著鏡頭開始微笑地說話。「今天很高興能夠訪問到學者作家慕晚萩，最主要是因為慕晚萩近期有一本很精彩的小說《野獸男》發行了。」她看向晚萩，「可不可以請晚萩姐跟讀者朋友們聊一聊，這本書最主要想說的究竟是什麼呢？」

晚萩燦出一抹微笑，「最主要是藉由一個故事，與所有讀者朋友們討論現代人的情感；不論是一夜情、婚外情、都會男女的戀情，或是大齡急婚的女生心態，其實有不少是因為寂寞、空虛，因為不清楚自己想要的究竟是什麼。」

「那麼，在書裡能夠得到解答嗎？如何去尋找正確的自己？」

晚萩莞爾，「人生其實和文學一樣，沒有正確的標準答案，作家唯一能做的就是透過文學或戲劇來昭示人生，提供讀者或觀眾一種對話、一個思考的可能性。畢竟每個人的人生劇本截然不同，你只能就自身狀況，去選擇一種最有利於自己的方式過日子。」

「嗯，我想我能理解。其實我本身也是晚萩姐的粉絲，已往拜讀您的作品，發現您的敘事情節和一般小說不太一樣，感覺會儘可能打破傳統的敘事模式，並且讓情節來說話，這一次的作品也是如此。對您而言，這是否就是所謂的『創意』呢？」

「是的。一般而言，創作者所想到的通常只是『點子』而已，然而真正的創意必須打破一般人

一大面書牆。

△尋晴坐於晚萩身旁，大腿上置放著幾張先前所擬好的題目稿。

△燈光師正在打光，攝影師則是過來調整一下晚萩與尋晴的位置。

△鏡頭一轉，攝影師朝尋晴比了一個「OK」手勢。尋晴正色，對著鏡頭開始微笑地說話。

尋晴：今天很高興能夠訪問到學者作家慕晚萩，最主要是因為慕晚萩近期有一本很精彩的小說《野獸男》發行了。（看向晚萩）可不可以跟讀者朋友們聊一聊，這本書最主要想說的究竟是什麼呢？

晚萩：最主要是藉由一個故事，與所有讀者朋友們討論現代人的情感；不論是一夜情、婚外情、都會男女的戀情，或是大齡急婚的女生心態，其實有不少是因為寂寞、空虛，因為不清楚自己想要的究竟是什麼。

尋晴：那麼，在書裡能夠得到解答嗎？如何去尋找正確的自己？

晚萩：（莞爾）人生其實和文學一樣，沒有正確的標準答案，作家唯一能做的就是透過文學或戲劇來昭示人生，提供讀者或觀眾一種對話、一個思考的可能性。畢竟每個人的人生劇本截然不同，你只能就自身狀況，去選擇一種最有利於自己的方式過日子。

尋晴：嗯，我想我能理解。其實我本身也是晚萩姐的粉絲，已往拜讀您的作品，發現您的敘事情節和一般小說不太一樣，感覺會儘可能打破傳統的敘事模式，並且讓情節來說話，這一次的作品也是如此。對您而言，這是否就是所謂的「創意」呢？

晚萩：是的。一般而言，創作者所想到的通常只是「點子」而已，然而真正的創意必須打破一般人所會使用的敘事手法。時下

所會使用的敘事手法。時下所有的小說、戲劇文本，其實大多是習慣運用亞里斯多德理論的那一套煽情手法，主要是以『幻覺』illusion將讀者或是觀眾帶進一個虛構卻煽情的情節裡，操弄他們的情緒，讓他們或哭或笑。」

「可不可以再更深入一點跟大家聊聊關於創意的這個部分？」

晚萩頷首，「好的。好比我方才所提到的幻覺式劇場，是一般商業小說或戲劇所慣用的敘事手法，這有一個特點，那就是會有所謂中心事件，一組強勢的中心主軸也就是男女主角，然後其他所有角色都跟著中心旋轉，久而久之就形成所謂情節套路。但大家其實都很清楚，真實世界裡每個人都不是主角也都是主角，因此在創作上必須打破。」

「那……，該怎麼打破呢？」

「一部真正有深度的作品，必須拉開廣度、鑿出深度，而不是單靠走完所謂『劇情公式』或者是『情節套路』就是一個精彩故事。要創作一個好故事，必須要有足夠的時間做醞釀，也要突破方才所說亞氏的幻覺劇場，或是解構一個故事，如同解構主義所說的『去中心化』，如此才能有更多情節開展的可能性。」

兩女的交談不斷地持續著……

◎○◎

一行人自書房行至客廳。

尋晴抱著方才的題目稿，笑對晚萩頷首。「晚萩姐，真的很開心今天跟您聊了這麼多，相當有

所有的小說、戲劇文本，其實大多是習慣運用亞里斯多德理論的那一套煽情手法，主要是以「幻覺」illusion將讀者或是觀眾帶進一個虛構卻煽情的情節裡，操弄他們的情緒，讓他們或哭或笑。

尋晴：可不可以再更深入一點跟大家聊聊關於創意的這個部分？

晚萩：（頷首）好的。好比我方才所提到的幻覺式劇場，是一般商業小說或戲劇所慣用的敘事手法，這有一個特點，那就是會有所謂中心事件，一組強勢的中心主軸也就是男女主角，然後其他所有角色都跟著中心旋轉，久而久之就形成所謂情節套路。但大家其實都很清楚，真實世界裡每個人都不是主角也都是主角，因此在創作上必須打破。

尋晴：那……，該怎麼打破呢？

晚萩：一部真正有深度的作品，必須拉開廣度、鑿出深度，而不是單靠走完所謂「劇情公式」或者是「情節套路」就是一個精彩故事。要創作一個好故事，必須要有足夠的時間做醞釀，也要突破方才所說亞氏的幻覺劇場，或是解構一個故事，如同解構主義所說的「去中心化」，如此才能有更多情節開展的可能性。

△兩女交談的聲音漸隱。

△Fade out.

| | |
|---|---|
| S：8 | 景：慕宅客廳／陽臺 |
| 時：日 | 人：晚萩、尋晴、攝影師、燈光師 |

△一行人自書房行至客廳。

△尋晴抱著方才的題目稿，笑對晚萩頷首。

尋晴：晚萩姐，真的很開心今天跟您聊了這麼多，相當有收穫。

收穫。」

工作人員正在收拾器材中。

晚萩笑道：「如果妳有收穫，那我會非常開心喔。」

「對了，剛才晚萩姐提到，如果要有創意就必須打破傳統強勢中心主軸為主的創作方式，是不是儘可能不要以這樣的方式來創作呢？」

「這麼說有點太絕對了，正確來說應該是除了這種創作方式以外，還有其他方式，妳得掙脫這種傳統束縛才能找到更多可能性。舉例而言，環境劇場有幾個特性，像是：不必為了突出演員表演而壓抑其他的劇場因素，文字腳本可有可無……。雖然是劇場理論，但若是把這些理論做一點變化再應用到小說或者是電影、電視劇的劇本創作裡，相信會有更不同於已往的展現。」

「喔~~，原來如此，我瞭解了。」尋晴四處張望一下，眼神亮了起來。「欸，晚萩姐，可不可以在您的屋子裡補幾個鏡頭，就拍一下您在屋裡隨意自處的幾個畫面。行嗎？」

「當然可以。要怎麼拍呢？」

尋晴對攝影師說道：「大凱，拍一下晚萩姐在陽臺眺望景致的畫面，然後客廳沙發這邊也可以，拍一下喝咖啡的畫面。好嗎？」

大凱回道：「ＯＫ啊。」於是他取來攝影機，在陽臺幫晚萩拍了幾個畫面，又在客廳補拍了幾個。

完成了拍攝以後，所有器材皆已收拾妥當，尋晴等三人正打算告辭。

「謝謝晚萩姐今天撥時間配合我們的拍攝。」尋晴想到了什麼，「對了，不知道可不可以加一

△工作人員正在收拾器材中。

晚萩：（笑）如果妳有收穫，那我會非常開心喔。

尋晴：對了，剛才晚萩姐提到，如果要有創意就必須打破傳統強勢中心主軸為主的創作方式，是不是儘可能不要以這樣的方式來創作呢？

晚萩：這麼說有點太絕對了，正確來說應該是除了這種創作方式以外，還有其他方式，妳得掙脫這種傳統束縛才能找到更多可能性。舉例而言，環境劇場有幾個特性，像是：不必為了突出演員表演而壓抑其他的劇場因素，文字腳本可有可無……。雖然是劇場理論，但若是把這些理論做轉變再應用到小說或者是電影、電視劇的劇本創作裡，相信會有更多變化。

尋晴：喔~~~，原來如此，我瞭解了。

△尋晴四處張望一下，眼神亮了起來。

尋晴：欸，晚萩姐，可不可以在您的屋子裡補幾個鏡頭，就拍一下您在屋裡隨意自處的幾個畫面。行嗎？

晚萩：當然可以。要怎麼拍呢？

尋晴：（對攝影師）大凱，拍一下晚萩姐在陽臺眺望景致的畫面，然後客廳沙發這邊也可以，拍一下喝咖啡的畫面。好嗎？

大凱：OK啊。

△大凱取攝影機，在陽臺幫晚萩拍了幾個畫面，又在客廳補拍了幾個。

△鏡頭一轉，所有器材皆已收拾妥當，尋晴等三人正打算告辭。

尋晴：謝謝晚萩姐今天撥時間配合我們的拍攝。（想到）對了，不知道可不可以加一下晚萩姐的Line？

晚萩：可以呀。（掏出手機，操作）來，妳刷一下我的條碼。

△尋晴取出手機，做刷條碼動作，完成。

下晚萩姐的Line？」

「可以呀。」晚萩掏出手機，操作。「來，妳刷一下我的條碼。」

尋晴取出手機，做刷條碼的動作，完成。她將手機收進包裡，一邊說道：「那，我們先走囉。等片子剪輯好，我再傳給晚萩姐看。」

一行人走出大門，朝晚萩揮手再見。

晚萩微笑地回應道：「謝謝妳啦，辛苦你們了。Bye。」

◎◯◎

艾母正在收拾餐桌上的湯菜，將剩餘飯菜放進同一個盤子裡。

尋晴開門走進客廳，馱負著一身的疲累返家。

艾母朝尋晴看去，喊著。「怎麼這麼晚才回來？瞎忙什麼呢？」

尋晴放下東西，累得在餐桌前坐下。「不是接了個案子嗎，採訪慕晚萩嘛。」

「妳呀，對工作可真有熱情，再這麼繼續下去，只怕嫁不出去。」

「唉呀，講到哪兒去？工作跟感情是兩回事。」

「妳這麼忙，哪有時間談戀愛？」

「錯，是因為沒有適合的對象，只好寄情於工作。」

「還說呢，之前要幫妳相親找對象，妳就是不肯。」

「拜託，都21世紀了還相什麼親呀？」

尋晴：那，我們先走囉。等片子剪輯好，我再傳給晚萩姐看。

△一行人走出大門，朝晚萩揮手再見。

晚萩：謝謝妳啦，辛苦你們了。Bye。

| | |
|---|---|
| S：9 | 景：艾宅飯廳連客廳 |
| 時：夜 | 人：尋晴、艾母 |

△艾母正在收拾餐桌上的湯菜，將剩餘飯菜放進同一個盤子裡。

△客廳主觀鏡頭，尋晴開門入鏡，馱負著一身的疲累返家。

△艾母朝尋晴看去，喊著。

艾母：怎麼這麼晚才回來？瞎忙什麼呢？

△尋晴放下東西，累得在餐桌前坐下。

尋晴：不是接了個案子嗎，採訪慕晚萩嘛。

艾母：妳呀，對工作可真有熱情，再這麼繼續下去，只怕嫁不出去。

尋晴：唉呀，講到哪兒去？工作跟感情是兩回事。

艾母：妳這麼忙，哪有時間談戀愛？

尋晴：錯，是因為沒有適合的對象，只好寄情於工作。

艾母：還說呢，之前要幫妳相親找對象，妳就是不肯。

尋晴：拜託，都21世紀了還相什麼親呀？

艾母：不相親，那妳有什麼方式認識異性朋友？

尋晴：朋友聚會，朋友的朋友啊，唉呀妳別擔心啦。

艾母：叫我別擔心，妳自己就不急嗎？小姐，妳都33了。

△艾母收走空盤空碗與匙筷，往廚房方向走去。

△尋晴暗歎，舉起筷子挾菜吃飯。

「不相親，那妳有什麼方式認識異性朋友？」

「朋友聚會，朋友的朋友啊，唉呀妳別擔心啦。」

「叫我別擔心，妳自己就不急嗎？小姐，妳都33了。」艾母收走空盤空碗與匙筷，往廚房的方向走去。

尋晴暗歎，舉起筷子挾菜吃飯。

夜幕低垂，視線由窗子向房裡頭看去，能見尋晴一個人待在房裡。她身著睡衣，整理好桌案，捻熄桌燈上床蓋好被子已然休息。

一會兒，她便累得沉沉地睡去，月光由屋外射進室內簇擁著她，如同緊覽著安靜入睡的嬰孩一樣。

◎○◎

幾天後，出版社總編輯辦公室內，尋晴站在總編輯的面前。

總編輯則是邊喝咖啡邊看向她，「上個禮拜慕晚萩的採訪還ＯＫ嗎？」

「沒問題，我跟攝影師、燈光師去她家，她很親切招待我們喝下午茶呢。而且聊的內容，也還滿有深度。」

聞言，總編輯頷首。「那就好。片子剪好先讓她看一下，如果她有什麼要求，做得到的儘量滿足。書市不好，可她的書卻賣得很好，所以不能讓她有什麼不滿意。」

| | |
|---|---|
| S：10 | 景：尋晴房 |
| 時：夜 | 人：尋晴 |

△夜幕低垂，鏡頭由窗子向房裡頭拍攝。

△尋晴著睡衣，整理好桌案，捻熄桌燈上床蓋好被子休息。

△一會兒，尋晴沉沉地睡去，月光由屋外射進室內簇擁著她。

| | |
|---|---|
| S：11 | 景：總編輯辦公室 |
| 時：日 | 人：總編輯、尋晴 |

△出版社辦公室外觀日空鏡。

△辦公室內尋晴站在總編輯面前，總編輯邊喝咖啡邊看向她。

總編：上個禮拜慕晚萩的採訪還OK嗎？

尋晴：沒問題，我跟攝影師、燈光師去她家，她很親切招待我們喝下午茶呢。而且聊的內容，也還滿有深度。

總編：（頷首）那就好。片子剪好先讓她看一下，如果她有什麼要求，做得到的儘量滿足。書市不好，可她的書卻賣得很好，所以不能讓她有什麼不滿意。

尋晴：（微笑）明白。

| | |
|---|---|
| S：12 | 景：出版社大辦公室 |
| 時：日 | 人：尋晴、剪輯師、環境人物 |

△尋晴步出總編輯辦公室來到大辦公室，正巧迎面看見剪輯師。

剪輯師：欸尋晴，來得正好，慕晚萩那支短片已經剪好囉，要不要看一下？

她瞭然地微笑，「明白。」

尋晴步出總編輯辦公室來到大辦公室，正巧迎面看見剪輯師。

剪輯師叫住她，「欸尋晴，來得正好，慕晚萩那支短片已經剪好囉，要不要看一下？」

「這麼快？好啊，看一下好了。」她拉了張椅子坐下來。

尋晴與剪輯師坐在辦公桌電腦前注視著慕晚萩訪談的畫面，正看到慕晚萩於鏡頭前輕鬆且侃侃而談的部分。

看完短片，尋晴滿意一笑。「那天訪談重點都有出來耶，而且她家的格調，拍攝起來畫面也很漂亮。嗯，還滿不錯的。」

「那我一會兒把短片上傳雲端，再將雲端網址發給妳，麻煩妳跟慕晚萩聯絡一下，讓她看看有沒有什麼問題。」

「好喔，謝謝。辛苦你囉。」

◎◯◎

晚萩與友人各自吃著自己盤中的餐點。

晚萩與友人邊喝茶邊愉悅地聊天，一旁還有其他食客正在用餐飲茶。尋晴同時提著手提電腦自大門處開門入內。

尋晴：這麼快？好啊，看一下好了。

△鏡頭一轉，尋晴與剪輯師坐在辦公桌電腦前注視著慕晚萩訪談的畫面。

△兩人主觀視線，鏡頭特寫電腦螢幕上，慕晚萩鏡頭前輕鬆聊天的畫面。

△看完短片，尋晴滿意一笑。

尋晴：那天訪談重點都有出來耶，而且她家的格調，拍攝起來畫面也很漂亮。嗯，滿不錯的。

剪輯師：那我一會兒把短片上傳雲端，再將雲端網址發給妳，麻煩妳跟慕晚萩聯絡一下，讓她看看有沒有什麼問題。

尋晴：好喔，謝謝。辛苦你囉。

| | |
|---|---|
| S：13 | 景：餐館 |
| 時：日 | 人：尋晴、晚萩、友人、環境人物 |

△晚萩與友人各自吃著自己盤中的餐點。

△晚萩與友人邊喝茶邊愉悅地聊天。鏡頭從晚萩座位處帶到一旁其他食客用餐時的情景，再拉到大門入口處，尋晴正提著手提電腦入內。

△尋晴尋找桌位，主觀視線見到晚萩，於是上前。

尋晴：晚萩姐，真巧在這裡遇見妳。

晚萩：是啊，來吃飯的吧。

尋晴：嗯，跟朋友有約，但她可能不會這麼快過來。（想到）啊對了，那天採訪的短片剪好了耶。

△晚萩主觀視線看了一眼尋晴手中所提的筆電。

晚萩：可以用妳的筆電看嗎？

尋晴：晚萩姐不是要吃飯？

尋晴尋找桌位，不遠處見到晚萩，於是上前。「晚萩姐，真巧在這裡遇見妳。」

「是啊，來吃飯的吧。」晚萩笑問。

「嗯，跟朋友有約，但她可能不會這麼快過來。」她似乎想到了什麼，眼睛一亮。「啊對了，那天採訪的短片剪好了耶。」

晚萩一聽，又看見尋晴手中所提的筆電，便禮貌地問道：「可以用妳的筆電看嗎？」

「晚萩姐不是要吃飯？」

晚萩笑道：「我們吃完也聊完了，正要離開。」

友人見二人似是有事要談，便起身，讓出位置給尋晴，同時對晚萩說道：「今天說好要請客的，我去結帳，妳們慢慢聊。」

晚萩看向友人，「謝謝妳囉，下次換我請妳。」

「OK，下次見。Bye囉。」

晚萩頷首，朝友人揮了揮手。

友人向晚萩與尋晴點了下頭，然後離去。

尋晴在晚萩對面坐下來，打開包包取出筆電，開機以後打開瀏覽器，連上短片的雲端網址。尋晴將筆電螢幕轉面向晚萩，晚萩期待地以滑鼠點了下影片播放鍵，視頻開始播放。

晚萩看影片的過程，帶著微笑。看完，她將筆電螢幕轉向尋晴。

「晚萩姐覺得如何，有沒有什麼需要修改的地方？」尋晴問道。

「效果挺不錯，我滿喜歡的。只是1分40秒那裡的字幕有個錯字。」

晚萩：（笑）我們吃完也聊完了，正要離開。

△友人起身，讓出位置給尋晴，同時注視著她說話。

友人：今天說好要請晚萩的，我去結帳，妳們慢慢聊。

晚萩：（看向友人）謝謝妳囉，下次換我請妳。

友人：OK，下次見。Bye囉。

△晚萩頷首，友人向晚萩與尋晴點了下頭，然後離去。

△尋晴在晚萩對面坐下來，打開包包取出筆電，開機以後打開瀏覽器，連上短片的雲端網址。

△尋晴將筆電螢幕轉面向晚萩，晚萩期待地以滑鼠點了下影片播放鍵，開始播放。

△晚萩看影片的過程，帶著微笑。看完，她將筆電螢幕轉向尋晴。

尋晴：晚萩姐覺得如何，有沒有什麼需要修改的地方？

晚萩：效果挺不錯，我滿喜歡的。只是1分40秒那裡的字幕有個錯字。

△尋晴反應，然後尋找影片1分40秒的地方看了一下。

尋晴：（笑）看見了，我請剪輯師做修改。

晚萩：麻煩妳囉，謝謝啦。

尋晴：應該的。那，等改好之後如果沒問題，出版社就會將影片上架官網、Youtube、臉書粉專，也請晚萩姐再發到您的臉書跟部落格做宣傳。

晚萩：好，沒問題。咦對了，妳要不要先點餐，妳朋友沒那麼快過來的話，不如我們一起聊聊。

△尋晴笑頷首「嗯」了一聲，取過桌案上的菜單開始翻看。

晚萩：跟男朋友有約嗎？

尋晴：（抬眼）哪有男朋友？空窗好幾年了。我朋友一會兒過來，說是要找我一起聚餐，介紹一個男生給我認識。

晚萩：有機會的話就去試試，說不定正是妳的緣份。

尋晴反應，然後尋找影片1分40秒的地方看了一下，微笑。「看見了，我請剪輯師做修改。」

「麻煩妳囉，謝謝妳啦。」

「應該的。那，等改好之後如果沒問題，出版社就會將影片上架官網、Youtube、臉書粉專，也請晚萩姐再發到您的臉書跟部落格做宣傳。」

「好的，沒問題。咦對了，妳要不要先點餐，妳朋友沒那麼快過來的話，不如我們一起聊聊。」

尋晴笑頷首，「嗯」了一聲，取過桌案上的菜單開始翻看。

晚萩好奇地隨口問道：「跟男朋友有約嗎？」

尋晴抬眼，「哪有男朋友？空窗好幾年了。我朋友一會兒過來，說是要找我一起聚餐，介紹一個男生給我認識。」

「有機會的話就去試試，說不定正是妳的緣份。」

尋晴聳肩，「要遇見對的人不容易。我自己倒還好，可是身邊家人親戚一直催婚，好像被催久了也跟著急起來。」

晚萩不可思議，「催婚？妳看起來挺年輕的呀。」

「哪有？我都33了。」

◎○◎

所有人吃飯告一段落，開始喝飲品。

李嘉明對著所有女生滔滔不絕，尋晴卻似乎有點無奈反應。

尋晴：（聳肩）要遇見對的人不容易。我自己倒還好，可是身邊家人親戚一直催婚，好像被催久了也跟著急起來。

晚萩：（不可思議）催婚？妳看起來挺年輕的呀。

尋晴：哪有？我都33了。

| | |
|---|---|
| S：14 | 景：福里安花神咖啡館 |
| 時：夜 | 人：尋晴、小咪、小艾、李嘉明、環境人物 |

△所有人吃飯告一段落，開始喝飲品。

△李嘉明對著所有女生滔滔不絕，尋晴卻有點無奈反應的畫面。

△對話進行到一半，李嘉明看向尋晴。

李嘉明：所以我是覺得啊，妳這工作也沒能賺幾個錢，其實可以換掉。妳的資歷不錯，不一定要採訪寫稿，不如試試做行銷也很好。我幫妳介紹。

尋晴：是，行銷對商品而言很重要，但重點在於我更喜歡接觸不同的人做採訪，喜歡文字工作。

李嘉明：但現在出版業是大寒冬啊。

尋晴：所以你覺得賺錢更勝於興趣，為了賺錢可以去做一份自己沒興趣也不適合的工作嗎？

△小咪與小艾聞言，知尋晴應該已經不太高興了，有點尷尬反應。

李嘉明：也不是這麼說啊，興趣可以培養嘛。而且我比較務實，我覺得現實生活還是比理想、夢想更重要。

△尋晴不再說話，而是很優雅卻皮笑肉不笑地朝李嘉明笑了笑。

△小咪與小艾見狀，背脊發冷。

對話進行到一半，李嘉明看向尋晴。「所以我是覺得啊，妳這工作也沒能賺幾個錢，其實可以換掉。妳的資歷不錯，不一定要採訪寫稿，不如試試做行銷也很好。我幫妳介紹。」

「是，行銷對商品而言很重要，但重點在於我更喜歡接觸不同的人做採訪，喜歡文字工作。」

「但現在出版業是大寒冬啊。」

「所以你覺得賺錢更勝於興趣，為了賺錢可以去做一份自己沒興趣也不適合的工作嗎？」

小咪與小艾聞言，知尋晴應該已經不太高興了，有點尷尬反應。

「也不是這麼說啊，興趣可以培養嘛。」李嘉明繼而又道：「而且我比較務實，我覺得現實生活還是比理想、夢想更重要。」

尋晴不再說話，而是很優雅地朝李嘉明，皮笑肉不笑地勉強一笑。

小咪與小艾見狀，背脊發冷。

李嘉明舉杯喝了兩口咖啡，摸了下口袋掏出一根菸。「不好意思，飯後得抽一根菸，不然都沒精神了。」

尋晴勉強地朝他微笑，「ＯＫ啊，請便不用客氣。」

李嘉明起身，向在座三位女性紳士地致意，然後離去。

尋晴演戲演了很久，一臉受不了翻了白眼的反應。

小咪央求地說道：「尋晴，妳說話可以不要這麼尖銳嗎？」

「我尖銳？都還沒罵人呢。他尊重過我的工作，試著瞭解嗎？」

小艾搭話，「他收入多，看妳這幾萬塊薪水是小錢嘛。」

△李嘉明舉杯喝了兩口咖啡，摸了下口袋掏出一根菸。

李嘉明：不好意思，飯後得抽一根菸，不然都沒精神了。

尋晴：（勉強微笑）OK啊，請便不用客氣。

△李嘉明起身，向在座三位女性紳士地致意，然後離去。

△尋晴演戲演了很久，一臉受不了翻白眼反應。

小咪：尋晴，妳說話可以不要這麼尖銳嗎？

尋晴：我尖銳？都還沒罵人呢。他尊重過我的工作，試著瞭解嗎？

小艾：他收入多，看妳這幾萬塊薪水是小錢嘛。

尋晴：所以呢？（手指著李嘉明離去的方向）他還抽菸呢。

小咪：唉呀，現在的男人，十個有五個都是神仙家族的啦。

△尋晴不再多言，拿了包包作勢起身欲離。

△小艾拉住尋晴，有些驚訝而提高了說話的聲調。

小艾：欸，妳做什麼？

尋晴：我不想浪費時間跟一個不同世界的人對話。

小咪：不要再挑了啦。李嘉明是個不錯的男人耶，有好的工作、收入頗豐，也一表人才，又沒什麼不良嗜好，妳再挑下去就……

尋晴：（搶白）所以妳們現在是在做垃圾回收，把我隨便塞囉？

小艾：怎麼這麼說啊？也不想妳幾歲了，再挑下去孩子都生不出來啦。

△尋晴長長地歎了口氣，對著兩位女性友人。

尋晴：真的不想浪費時間了，謝謝妳們的好意我心領。先走了。

△尋晴離去。

△鏡頭一轉，尋晴來到門口，與李嘉明擦肩而過。

△李嘉明見狀不明所以，看著尋晴的背影一頭霧水。

△李嘉明回到位置上，手指著離去的尋晴，不解地看著兩位女生。

小艾：（歉然扯謊）不好意思，嘉明，尋晴忽然說身體不舒服……

「所以呢？」尋晴手指著李嘉明離去的方向，「他還抽菸呢。」

小咪無奈地回答：「唉呀，現在的男人，十個有五個都是神仙家族的啦。」

尋晴如同洩了氣的皮球，不再多言，拿了包包作勢起身欲離。

小艾拉住尋晴，有些驚詫而提高了說話的聲調。「欸，妳做什麼？」

「我不想浪費時間跟一個不同世界的人對話。」

小咪試圖說服，「不要再挑了啦。李嘉明是個不錯的男人耶，有好的工作、收入頗豐，也一表人才，又沒什麼不良嗜好，妳再挑下去就……」

尋晴搶白，「所以妳們現在是在做垃圾回收，把我隨便塞囉？」

小艾回道：「怎麼這麼說啊？也不想妳幾歲了，再挑下去孩子都生不出來啦。」

尋晴長長地歎了口氣，無奈地注視著眼前兩位女性友人。「真的不想浪費時間了，謝謝妳們的好意我心領。先走了。」她離去。行至門口處，與李嘉明不意擦肩而過。

李嘉明見狀不明所以，看著尋晴的背影一頭霧水。他回到位置上，手指著離去的尋晴，不解地看向兩位女生。

小艾只好歉然地扯謊：「不好意思，嘉明，尋晴忽然說身體不舒服……」

尋晴回到家，進入房間，將包包扔在床鋪上，也將自己摔進去。她抱著一旁的布偶，回想方才用餐時的情景，不免歎了一口氣。她起身坐在床上，掏出包裡的手機滑了一下，無趣反應。她想了一想，決定打電話給晚萩，於是開始動作。

S：15　　景：晚萩宅客廳／尋晴房
時：夜　　人：晚萩／尋晴

△尋晴回到家，進入房間，將包包扔在床舖上，也將自己摔進去。

△她抱著一旁的布偶，回想方才用餐時的情景，不免歎了口氣。

△她起身坐在床上，掏出包裡的手機滑了一下，無趣反應。

△她想了一下，決定打電話給晚萩，開始動作。接通以後，她說話。

△以下兩景對剪。

尋晴：晚萩姐……

晚萩：尋晴？妳的聲音聽起來好像很無力很累的樣子？

尋晴：喔，沒有啦，剛才跟朋友聚餐，和無趣的人聊天覺得掃興罷了。

晚萩：（笑）聯誼還是相親？

尋晴：都不是，但就是朋友要把我推銷出去的那種聚餐就是了。

晚萩：這種反應，肯定不順利了。

尋晴：就說了，要遇見對的人不是那麼容易。

△晚萩端了杯茶，來到沙發處坐下。黃澄澄的光線將她映照得更溫暖。

晚萩：如果真厭倦了這種聚會，那就隨緣吧。

尋晴：那晚萩姐呢，妳不急著結婚嗎？

△尋晴調整了一下姿態與位置。

晚萩：（笑）不急。事實上，我並不適合婚姻與家庭，所以對愛情一直抱持著隨緣的態度。

尋晴：晚萩姐愛情小說、兩性書寫得那麼好，不可能沒談過戀愛吧。

接通以後，她對著話筒說話。「晚萩姐……」

「尋晴？妳的聲音聽起來好像很無力很累的樣子？」

「喔，沒有啦，剛才跟朋友聚餐，和無趣的人聊天覺得掃興罷了。」

晚萩笑，「聯誼還是相親？」

「都不是，但就是朋友要把我推銷出去的那種聚餐就是了。」

「這種反應，肯定不順利了。」

「就說了，要遇見對的人不是那麼容易。」

晚萩端了杯茶，來到沙發處坐下。黃澄澄的光線將她映照得更溫暖了。「如果真厭倦了這種聚會，那就隨緣吧。」

「那晚萩姐呢，妳不急著結婚嗎？」尋晴調整了一下姿勢與位置。

晚萩笑，「不急。事實上，我並不適合婚姻與家庭，所以對愛情一直抱持著隨緣的態度。」

「晚萩姐愛情小說、兩性書寫得那麼好，不可能沒談過戀愛吧。」

「我都45了，當然談過幾段感情了。對象都很不錯，但總有一些不足為外人道的原因，最後無疾而終。到了這年紀，也不強求啦。」

「不寂寞嗎？」

晚萩笑了，「不會呀，我閱讀，而且有最愛的『寫作』陪著我，心裡頭滿滿的。比起家庭生活，我更鍾愛寫作。」她啜起茶湯來，啜了兩口以後將杯子置放於桌案上。

尋晴佩服，「忠於自己，完全不受世俗觀念影響，簡直是我的偶像～。」

晚萩：我都45了，當然談過幾段感情了。對象都很不錯，但總有一些不足為外人道的原因，最後無疾而終。到了這年紀，也不強求啦。

尋晴：不寂寞嗎？

晚萩：（笑了）不會呀，我閱讀，而且有最愛的「寫作」陪著我，心裡頭滿滿的。比起家庭生活，我更鍾愛寫作。

△晚萩啜起茶湯來，啜了兩口以後將杯子置放於桌案上。

尋晴：（佩服）忠於自己，完全不受世俗觀念影響，簡直是我的偶像～。

晚萩：少女時期對愛情也曾經憧憬渴望過，但現在，就如妳所說的，理想對象難尋，既然如此，就想著以後或可跟閨蜜共組家庭，相互扶持。

尋晴：這可以說是「另類成家」的概念嗎？好像也不錯。

晚萩：是啊，只能如此囉。不可否認其實我很挑剔，沒有理想對象的情形下只能退而求其次，另類成家囉。哈——

△晚萩將雙腿縮進沙發，身子靠在椅背上，調整了一個舒服的姿勢。

尋晴：挑剔？

晚萩：我所期望的伴侶並非世俗標準，不一定要非常有地位、有財富，而是彼此夢想中有對方，有共同話題與興趣的人。重點是，要有質感、對生活要有品味。而且是那種……有你處，再荒涼亦是繁華；無你處，再繁華亦是荒涼的感覺。

△尋晴聞言坐直身子，張大嘴巴。

尋晴：哇塞，我跟晚萩姐一樣耶，但這樣的對象可遇不可求。

晚萩：無所謂啊。空置的年華，只為等待對的彼此相遇。寧缺勿濫。

△晚萩拿來一旁的某本書，置於雙膝上攤開。

尋晴：我也希望是如此，但青春似乎不容我蹉跎。如果可能，期望

「少女時期對愛情也曾經憧憬渴望過，但現在，就如妳所說的，理想對象難尋，既然如此，就想著以後或可跟閨蜜共組家庭，相互扶持。」

「這可以說是『另類成家』的概念嗎？好像也不錯。」

「是啊，只能如此囉。但不可否認其實我很挑剔，沒有理想對象的情形下只能退而求其次，另類成家囉。哈——」晚萩將雙腿縮進沙發，身子靠在椅背上，調整了一個舒服的姿勢。

「挑剔？」

「我所期望的伴侶並非世俗標準，不一定要非常有地位、有財富，而是彼此夢想中有對方，有共同話題與興趣的人。重點是，要有質感、對生活要有品味。而且是那種……有你處，再荒涼亦是繁華；無你處，再繁華亦是荒涼的感覺。」

尋晴聞言坐直身子，張大嘴巴。「哇塞，我跟晚萩姐一樣耶，但這樣的對象可遇不可求。」

「無所謂啊。空置的年華，只為等待對的彼此相遇。寧缺勿濫。」晚萩拿來一旁的某本書，置於雙膝上攤開來。

「我也希望是如此，但青春似乎不容我蹉跎。如果可能，期望自己35歲以前能夠嫁出去。」

「所以若能談戀愛，妳覺得一定要有一個結果做為人生的交代？」

「是啊，難道不是這樣嗎？」

「其實，再美好的愛情，也有可能因外在因素而生離；有可能因意外而死別；更有可能因瞭解而分開。只要曾經美好，那便不再有所遺憾。愛情的結局，並不一定是要兩個人最後在一起甚至是廝守到老。誰規定愛情的結局一定是兩個人在一起呢？」

自己35歲以前能夠嫁出去。

晚萩：所以若能談戀愛，妳覺得一定要有一個結果做為人生的交代？

尋晴：是啊，難道不是這樣嗎？

晚萩：其實，再美好的愛情，也有可能因外在因素而生離；有可能因意外而死別；更有可能因瞭解而分開。只要曾經美好，那便不再有所遺憾。愛情的結局，並不一定是要兩個人最後在一起甚至是廝守到老。誰規定愛情的結局一定是兩個人在一起呢？

△尋晴若有所思反應。

| | |
|---|---|
| S：16 | 景：Buffet 餐廳 |
| 時：昏 | 人：尋晴、小咪、小艾、家萱、家男、于士、環境人物 |

△Buffet 餐廳外觀黃昏空鏡。

△所有朋友圍在餐桌旁開心地笑著。小艾和于士是夫妻，坐在一起。

△小咪飲了一口酒，放下酒杯看向家萱。

小咪：要不是今天家萱生日，我們幾個還真難湊在一起呢。

小艾：是啊。我們幾個好閨蜜應該時常聚會才對。

△尋晴邊吃甜點邊看向眾人，說話。

尋晴：要聚會哪那麼容易呀，妳們這些小姐可是名花有主，沒像我這麼自由自在，說走就走。（看向小艾和于士）尤其二位鶼鰈情深，老婆要跟閨蜜聚會，還得老公同意了才能成行。

于士：說得我好像很霸道？只要妳們幾個想聚會，我肯定在家帶孩子。

小艾：（瞥于士一眼）最好是啦。

尋晴若有所思，反覆地咀嚼晚萩所言，益發覺得頗有味道。

◎○◎

Buffet 餐廳外，一片陽光普照，十分明媚。

所有朋友圍在餐桌旁開心地笑著。小艾和于士是夫妻，坐在一起。

小咪飲了一口酒，放下酒杯看向家萱。「要不是今天家萱生日，我們幾個還真難湊在一起呢。」

小艾附和地說道：「是啊。我們幾個好閨蜜應該時常聚會才對。」

尋晴邊吃甜點邊看向眾人，喃喃地說話。「要聚會哪那麼容易呀，妳們這些小姐可是名花有主，沒像我這麼自由自在，說走就走。」她看向小艾和于士，「尤其二位鶼鰈情深，老婆要跟閨蜜聚會，還得老公同意了才能成行。」

于士說道：「說得我好像很霸道？只要妳們幾個想聚會，我肯定在家帶孩子。」

小艾瞥于士一眼，「最好是啦。」

家萱忽想到，「欸，尋晴還單著呢，」她故意開玩笑地說道：「今晚得想辦法把妳給銷出去。」

尋晴皺眉，看向家萱，給了她一個白眼。

家萱神祕一笑。

稍後，查家男從入口處走來，所經之處所有女客皆望向他，霎時成為目光焦點。他一身西裝筆挺，一頭抓得很時髦很帥氣的髮型，神采飛揚地走過來。

小咪、小艾與家萱看向家男，尋晴也循著她們的視線看去。

家萱：（忽想到）欸，尋晴還單著呢，（故意開尋晴玩笑）今晚得想辦法把妳給銷出去。

△尋晴皺眉，看向家萱。

△家萱神祕一笑。

△鏡頭一轉，查家男從入口處走來，所經之處所有女客皆望向他。

△家男西裝筆挺，一頭抓得很時髦很帥氣的髮型，神采飛揚地走來。

△小咪、小艾與家萱看向家男，尋晴也循著她們的視線看去。

△家男與尋晴的目光交會，他主觀視線將目光定睛在她身上。

| | |
|---|---|
| S：17 | 景：雜景 |
| 時：日 | 人：晚萩 |

△Fade in.

△黑白畫面處理，晚萩正在寫稿。

△晚萩起身播放音樂，是楊丞琳所唱的〈曖昧〉。

△晚萩邊聽音樂，邊來到陽臺打開落地窗的玻璃門走出去，站在陽臺上手心輕輕地撫觸著所栽種的植物。

△楊丞琳的歌聲作為背景襯底，不停地唱著。

△曖昧讓人受盡委屈，找不到相愛的證據，
何時該前進，何時該放棄？
連擁抱都沒有勇氣。
曖昧讓人變得貪心，直到等待失去意義，
無奈我和你，寫不出結局，
放遺憾的美麗，停在這裡。

△以上畫面，搭以下晚萩OS呈現。

家男與尋晴的目光交會，他被尋晴的書卷知性氣息所吸引，是以將目光定睛在她身上。

◎◎◎

書房裡，晚萩正在寫稿。

晚萩有些疲累，伸了下懶腰起身播放音樂，是楊丞琳所唱的〈曖昧〉。

她邊聽音樂，邊來到陽臺打開落地窗的玻璃門走了出去，站在陽臺上手心輕輕地撫觸著所栽種的植物。

楊丞琳的歌聲作為背景襯底，不停地唱著。

曖昧讓人受盡委屈，找不到相愛的證據，

何時該前進，何時該放棄？

連擁抱都沒有勇氣。

曖昧讓人變得貪心，直到等待失去意義，

無奈我和你，寫不出結局，

放遺憾的美麗，停在這裡。

她心下想道：「世界上最遙遠的距離是什麼？或許很多人會說是生與死的距離。但生死兩隔，是再確定不過的事情了。而曖昧，感受著情愫的暗自浮動，卻找不著情愫相關的任何證據，讓人守住底線而毫不敢越雷池一步，於是曖昧的兩人看似親近，內心無形的距離實則是最為遙遠。」

晚萩：（OS）世界上最遙遠的距離是什麼？或許你會說是生與死的距離。但生死兩隔，是再確定不過的事情了。而曖昧，感受著情愫的暗自浮動，卻找不著情愫相關的任何證據，讓人守住底線毫不敢越雷池一步，於是曖昧的兩人看似親近，內心無形的距離實則是最為遙遠。

△畫面全黑。

△上字幕：「曖昧讓人受盡委屈」。

△Fade out.

# 第2話 ｜曖昧讓人受盡委屈

尋晴趴睡在自己桌案上的筆電旁。

桌案上的手機鈴聲正響，螢幕上所show的來電顯示為「總編輯」。

尋晴被手機鈴聲給吵醒，於是睡眼惺忪、睡意正濃地接聽電話。「喂……」

「妳在睡覺啊？」

「寫稿累了午睡一下，怎麼了？」

「慕晚萩的訪談短片沒問題了吧？」

「嗯，已經上架到官網還有臉書粉專了。」

「辛苦了，謝謝妳啦。」

「那我繼續睡囉。」

「有那麼累嗎，昨晚沒睡好？妳不是不睡午覺的嗎？」

「唉呀，昨天閨蜜生日，壽星跟那個叫什麼查家男的是大學同學，昨天查家男忽然現身，還揪所有人去唱KTV唱到凌晨……」

「欸，妳說的是微星百貨的營運男神——查家男嗎？」

「還能有誰？就他囉。」

「有沒有留電話？」

「沒有啦，頭一次見面耶。」

「拜託，想辦法求妳閨蜜幫忙，看可不可以約到他。」

「要做什麼？」

| | |
|---|---|
| S：18 | 景：尋晴房／總編輯辦公室 |
| 時：日 | 人：尋晴／總編輯 |

△Fade in.

△尋晴趴睡在自己桌案上的筆電旁。

△特寫桌案上的手機，SE鈴聲響，螢幕上所show的來電顯示為「總編輯」。

△尋晴被手機鈴聲吵醒，睡眼惺忪地接聽電話。

△以下兩景對剪。

尋晴：（睡意濃）喂……

總編：妳在睡覺啊？

尋晴：寫稿累了午睡一下，怎麼了？

總編：慕晚萩的訪談短片沒問題了吧？

尋晴：嗯，已經上架到官網還有臉書粉專了。

總編：辛苦了，謝謝妳啦。

尋晴：那我繼續睡囉。

總編：有那麼累嗎，昨晚沒睡好？妳不是不睡午覺的嗎？

尋晴：唉呀，昨天閨蜜生日，壽星跟那個叫什麼查家男的是大學同學，昨天查家男忽然現身，還揪所有人去唱KTV唱到凌晨……

總編：欸，妳說的是微星百貨的營運男神——查家男嗎？

尋晴：還能有誰？就他啦。

總編：有沒有留電話？

尋晴：沒有啦，頭一次見面耶。

總編：拜託，想辦法求妳閨蜜幫忙，看可不可以約到他。

尋晴：要做什麼？

總編：做一本採訪他的書啊，肯定很受女性讀者歡迎。

尋晴：（猶豫）可是……

「做一本採訪他的書啊，肯定很受女性讀者歡迎。」

她一臉猶豫，「可是……」

「別可是了，動作快，搞定他，這案子給妳寫。」

◎◎◎

尋晴與總編輯已先坐於所屬的桌位等待，一會兒以後家男入內，朝裡張望了一下，看見尋晴，於是走了過去。

尋晴見是家男走來，站起身來朝他頷首。

總編輯見狀，循著尋晴的目光看去，見到家男亦站起身來頷首。

家男站定，朝兩位笑了笑，三人坐下。

「抱歉，有個會議耽擱了一點時間，讓你們久等了。」

「沒事，我們才來不久。」尋晴看了總編一眼，「對了，先介紹一下，這位就是查家男先生。」

她看向家男，復又說道：「我身邊這位是出版社總編輯。」

總編輯掏出一張名片遞上，家男接過一看。「查先生你好，敝姓陳，叫我陳逸言就行了。」

「怎麼可以，應該尊稱您一聲『陳總編』比較恰當。」家男笑道。

尋晴有點尷尬地對家男說道：「呃，其實今天約查總出來，是因為……」

家男搶白，「我都知道，家萱直接跟我說了。ＯＫ，沒問題。」

聞言，尋晴與總編輯皆感驚訝不已，彼此交換了一個「不可思議」的眼神。

總編：別可是了，動作快，搞定他，這案子給妳寫。

| | |
|---|---|
| S：19 | 景：南街得意茶館 |
| 時：日 | 人：尋晴、家男、總編輯 |

△尋晴與總編輯已先坐於所屬的桌位等待，一會兒以後家男入鏡，朝裡張望了一下，主觀視線看見尋晴，於是走了過去。

△尋晴見是家男走來，站起身來朝他頷首。

△總編輯見狀，循著尋晴的目光看去，見到家男亦站起身來頷首。

△家男站定，朝兩位笑了笑，三人坐下。

家男：抱歉，有個會議耽擱了一點時間，讓你們久等了。

尋晴：沒事，我們才來不久。（看了總編一眼）對了，先介紹一下，這位就是查家男先生。（看向家男）我身邊這位是出版社總編輯。

△總編輯掏出一張名片遞上，家男接過一看。

總編：查先生你好，敝姓陳，叫我陳逸言就行了。

家男：怎麼可以，應該尊稱您一聲「陳總編」比較恰當。

尋晴：呃，其實今天約查總出來，是因為……

家男：（搶白）我都知道，家萱直接跟我說了。OK，沒問題。

△聞言，尋晴與總編輯皆驚訝不已，彼此交換了一個眼神。

家男：（笑）出書對我而言，是做個人行銷，把書當是名片。對你們來說，做我的採訪書應該會有不差的銷量。總之，這是雙贏。

總編：那，查先生想要多少版稅呢，20%不知道您能不能接受？

家男：都可以。我知道現在出版業不景氣，要拿版稅不容易。

總編：查先生可是紅人，您要拿版稅簡直（強調）輕而易舉。

家男：我比較關心的是，誰來採訪、寫稿。

家男笑，「出書對我而言，是做個人行銷，把書當是名片。對你們來說，做我的採訪書應該會有不差的銷量。總之，這是雙贏。」

「那，查先生想要多少版稅呢，20％不知道您能不能接受？」

「都可以。我知道現在出版業不景氣，要拿版稅不容易。」

「查先生可是紅人，您要拿版稅簡直……」總編輯強調，「輕而易舉。」

「我比較關心的是，誰來採訪、撰稿。」

總編輯看了尋晴一眼，拍拍她。「當然是我們的艾尋晴幫查先生做訪談寫稿了。」

「太好了，正合我意。不過，我有個不情之請。」

「請說。」

「我的日常很忙，如果是艾小姐要做這案子，那我建議不如短駐在我們公司一個月，不僅隨時可做訪談，還可以攝影。」他看向尋晴，「艾小姐，妳會攝影嗎？」

尋晴仍有點詫異，她回過神來，朝家男點頭。

「很好，如果沒有問題的話，那就這麼說定囉。」

「太好了，過兩天我再請尋晴將合約送到查先生公司。」

家男笑頷首，卻是不語。

尋晴與總編輯一起走在月臺上。

月臺有些人潮，尋晴與總編輯逆著人流走到候車點。

△總編輯看了尋晴一眼，拍拍她。

總編：當然是我們的艾尋晴幫查先生做訪談寫稿了。

家男：太好了，正合我意。不過，我有個不情之請。

總編：請說。

家男：我的日常很忙，如果是艾小姐要做這案子，那我建議不如短駐在我們公司一個月，不僅隨時可做訪談，還可以攝影。（看向尋晴）艾小姐，妳會攝影嗎？

△尋晴仍有點詫異，回過神來，朝家男點頭。

家男：很好，如果沒有問題的話，那就這麼說定囉。

總編：太好了，過兩天我再請尋晴將合約送到查先生公司。

△家男笑頷首，卻是不語。

| | |
|---|---|
| S：20 | 景：捷運站月臺 |
| 時：日 | 人：尋晴、總編輯、環境人物 |

△尋晴與總編輯一起走在月臺上。

△月臺有些人潮，尋晴與總編輯逆著人流走到候車點。

△尋晴有些若有所思，總編輯見狀碰了她一下。

總編：欸，我沒想到那個查家男居然這麼阿沙力耶。

尋晴：剛才，好像都沒有我說話的餘地。

總編：（笑）妳還有什麼想說的，不是說好這案子給妳做的嗎？

尋晴：可是要我去他公司短駐一個月……，好怪，有點彆扭。

總編：有什麼好彆扭的？

尋晴：我畢竟不是微星百貨的員工啊。

總編：他是查家男他說了算，我們只能說yes，沒有發話權。

尋晴：（猶疑）他好像不時有一些緋聞傳出來。

總編：他的私生活如何是他個人的事，工作上表現那可是可圈可點。

尋晴有些若有所思，總編輯見狀碰了她一下。「欸，我沒想到那個查家男居然這麼阿沙力耶。」
她沒理會總編輯的話，只是喃喃自語。「剛才，好像都沒有我說話的餘地。」
他笑道：「妳還有什麼想說的，不是說好這案子給妳做的嗎？」
「可是要我去他公司短駐一個月……，好怪，有點彆扭。」
「有什麼好彆扭的？」
「我畢竟不是微星百貨的員工啊。」
「他是查家男他說了算，我們只能說 yes，沒有發話權。」
她有些猶疑，「他好像不時有一些緋聞傳出來。」
「他的私生活如何是他個人的事，工作上表現那可是可圈可點。我們做他的書是要賣錢的，其他的就別管了。總之，妳好好做就是。」

◎○◎

尋晴坐於桌案前，以筆電上網查詢有關查家男的資料。
電腦螢幕上秀著Google的蒐索條列：「查家男一夜情」、「查家男約砲疑雲」、「查家男編年史：十年情史一次回顧」……
她以滑鼠點進一則網路新聞查看，邊看邊叨唸。「許多關於百貨營運男神查家男約砲一夜情或劈腿的流言時有所聞，但從來沒有有力的證據像是合影照片、影片，或者是文字訊息的截圖流出。如果查家男的這些情感流言屬實，多年來卻毫無證據被翻出，那麼只能推估他在這方面確實非常小

我們做他的書是要賣錢的，其他的就別管了。總之，妳好好做就是。

| | |
|---|---|
| S：21 | 景：尋晴房 |
| 時：夜 | 人：尋晴 |

△尋晴坐於桌案前，以筆電上網查詢有關查家男的資料。

△特寫電腦螢幕上秀著Google的蒐索條列：「查家男一夜情」、「查家男約砲疑雲」、「查家男編年史：十年情史一次回顧」……

△尋晴以滑鼠點進一則網路新聞查看，邊看邊叨唸。

尋晴：許多關於百貨營運男神查家男約砲一夜情或劈腿的流言時有所聞，但從來沒有有力的證據像是合影照片、影片，或者是文字訊息的截圖流出。如果查家男的這些情感流言屬實，多年來卻毫無證據被翻出，那麼只能推估他在這方面確實非常小心，可謂狡猾型的獵豔高手……

△尋晴訝然反應。

△尋晴再點進其他則網路新聞一看，主觀鏡頭顯示新聞內容：「百貨男神查家男與名媛酈水雲情牽五年，分分合合」。

| | |
|---|---|
| S：22 | 景：總經理辦公室 |
| 時：日 | 人：家男、尋晴 |

△家男坐於辦公桌前，正在簽署出版合約。

△尋晴站在家男面前注視並且等候。

△家男停筆，用印以後抬起眼來。

尋晴：如果查總簽完合約，一份您自行存留，另一份我帶回出版社

心，可謂狡猾型的獵豔高手……」尋晴訝然反應。

她再點進其他則網路新聞一看，新聞內容寫道：「百貨男神查家男與名媛酈水雲情牽五年，分分合合……」。

◎○◎

家男坐於辦公桌前，正在簽署出版合約。

尋晴站在家男面前注視並且等候。

他停筆，用印以後抬起眼來。

她恭謹地說道：「如果查總簽完合約，一份您自行存留，另一份我帶回出版社就可以了。」

他微笑，遞了其中一份合約給尋晴，她接過看了一下，沒有問題，然後便收進包包裡。

他起身行至尋晴面前，示意她在沙發上坐下。

她就坐，他亦跟著坐下。

「妳的臨時辦公室就在我隔壁的小會議室，我已經請人為妳準備了一組杯組，還有一些文具用品。」

「勞煩查總費心了，謝謝您。」

「言歸正傳，妳知道百貨公司總經理的職責範圍有哪些嗎？」

她不好意思地搖搖頭。

「隔行如隔山，妳不清楚無妨。我會這麼問是希望，妳所採訪撰寫的這本書，能夠記錄我的工

就可以了。

△家男微笑，遞了其中一份合約給尋晴，她接過看了一下，沒有問題，然後便收進包包裡。

△家男起身行至尋晴面前，示意她在沙發上坐下。

△尋晴就坐，家男亦跟著坐下。

家男：妳的臨時辦公室就在我隔壁的小會議室，我已經請人為妳準備了一組杯組，還有一些文具用品。

尋晴：勞煩查總費心了，謝謝您。

家男：言歸正傳，妳知道百貨公司總經理的職責範圍有哪些嗎？

△尋晴不好意思地搖搖頭。

家男：隔行如隔山，妳不清楚無妨。我會這麼問是希望，妳所採訪撰寫的這本書，能夠記錄我的工作。

尋晴：所以，只有工作沒有生活嗎？

家男：我的工作就是我的生活。

尋晴：（肅然頷首）是。

家男：聽清楚了，（尋晴打開手機錄音）我的工作職責有：整體營運管理；年度財務預算與計畫的制定，而且要有效控制這些預算與計畫；督促各部門完成年度營運目標；市場的推廣與策劃；商品品牌與租賃管理；與政府單位維持良好關係；重大客訴處理……等等。

尋晴：（認真）這些工作職責聽起來都好專業而且生硬，如果書裡只記錄這些，對讀者而言或許會有點……艱澀。（OS）其實，是無趣。

△家男身子前傾，雙肘置膝，紳士微笑地注視尋晴，目光鎖定毫不移動。

△尋晴觸及家男電般的眼波，覺得臉紅耳熱、呼吸急促。她忙刷下眼睫。

作；儘可能將我工作的所有範圍都含括在內。」

「所以，只有工作沒有生活嗎？」

「我的工作就是我的生活。」

聞言，她肅然地頷首。「是。」

「聽清楚了，」聞言，她忙打開手機按下錄音鍵。他則繼續地說道：「我的工作職責有：整體營運管理；年度財務預算與計畫的制定，而且要有效控制這些預算與計畫；督促各部門完成年度營運目標；市場的推廣與策劃；商品品牌與租賃管理；與政府單位維持良好關係；重大客訴處理……等等。」

聽完他所述，她認真地問道：「這些工作職責聽起來都好專業而且生硬，如果書裡只記錄這些，對讀者而言或許會有點……艱澀。」她心下想道：「其實，是無趣。」

他的身子前傾，雙肘置膝，紳士微笑地注視著她，目光鎖定毫不移動。

她觸及他電般的眼波，覺得臉紅耳熱、呼吸急促。於是，她忙刷下眼睫。

他旋又正色，斯文笑道：「請妳採訪撰文是寫我的風雲史，不是讓妳寫教科書。這些工作職責都有相對應的有趣實例。」

「原來如此，不好意思。」語畢，她移開眸光，紓解般地喘了口氣。

◎○◎

尋晴已等在百貨公司二樓的手扶梯口。

△家男旋又正色，斯文笑道。

家男：請妳採訪撰文是寫我的風雲史，不是讓妳寫教科書。這些工作職責都有相對應的有趣實例。

尋晴：原來如此，不好意思。

△語畢，尋晴移開眸光，紓解般地喘了口氣。

| | |
|---|---|
| S：23 | 景：百貨樓層2F |
| 時：日 | 人：家男、尋晴、環境人物 |

△尋晴已等在二樓的手扶梯口。

△家男西裝筆挺，頭髮抓得時髦帥勁，一臉神采飛揚地走來。

家男：今天請妳一早過來，主要是跟我一起巡視樓層。

尋晴：查總必須親自巡樓嗎？

家男：之前說過了，我的工作職責裡有一項是「商品品牌與租賃管理」，所以瞭解並熟悉這些品牌的櫃位狀況很重要。

尋晴：嗯，瞭解了。

家男：今天這個行程很簡單，我巡視樓層，妳拍照就可以了。

△尋晴點頭，摸了一下掛在胸口的數位單眼相機。

家男：那，我們就開始囉。

△於是家男領前走著，手裡握著筆，不停地於筆記本裡頭做記錄。尋晴則跟在他身後，不斷地為他拍照。

△尋晴邊拍照邊說話。

尋晴：光一個樓層就有這麼多品牌，如果是我，還真記不清楚這許多。

家男：（笑）才一個樓層妳就記不住？小姐，這家百貨公司有十三層呢。

尋晴：我的專業是文字撰稿，記這些品牌……實非我專業。

家男西裝筆挺，頭髮抓得時髦帥勁，一臉神采飛揚地走來。

「今天請妳一早過來，主要是跟我一起巡視樓層。」

「查總必須親自巡樓嗎？」

「之前說過了，我的工作職責裡有一項是『商品品牌與租賃管理』，所以瞭解並熟悉這些品牌的櫃位狀況很重要。」

「嗯，瞭解了。」

「今天這個行程很簡單，我巡視樓層，妳負責拍照就可以了。」

她點頭，摸了一下掛在胸口的數位單眼相機。

「那，我們就開始囉。」

於是他領前走著，手裡握著筆，不停地於筆記本裡頭做記錄。她則跟在他身後，不斷地為他拍照。

她一邊攝影一邊說話，「光一個樓層就有這麼多品牌，如果是我，還真記不清楚這許多。」

他笑道：「才一個樓層妳就記不住？小姐，這家百貨公司有十三層呢。」

「我的專業是文字撰稿，記這些品牌……實非我專業。」

他忽然一口氣背完該樓層的所有品牌：「a.testoni、Art Haus、BAO BAO ISSEY MIYAKE、HUGO BOSS、COACH、DAKS、diptyque、GEORG JENSEN、HEARTS ON FIRE、JO MALONE LONDON、LONGCHAMP、Maison Francis Kurkdjian、MaxMara、MIKIMOTO、MINOSHIN、MONTBLANC、PAUL&SHARK、SHIATZY CHEN、SWAROVSKI。」

家男：（一口氣）a.testoni、Art Haus、BAO BAO ISSEY MIYAKE、HUGO BOSS、COACH、DAKS、diptyque、GEORG JENSEN、HEARTS ON FIRE、JO MALONE LONDON、LONGCHAMP、Maison Francis Kurkdjian、MaxMara、MIKIMOTO、MINOSHIN、MONTBLANC、PAUL&SHARK、SHIATZY CHEN、SWAROVSKI。

尋晴：（不可思議）哇嗚！

| | |
|---|---|
| S：24 | 景：小會議室 |
| 時：日 | 人：尋晴、家男 |

△午後，陽光斜射入窗，亮得直令人睜不開雙眼。

△尋晴吃飽以後收拾飯盒，伸懶腰打了個呵欠，懶洋洋地想睡午覺，因此獃坐在辦公椅上瞇起雙眼提不起任何勁。

△家男忽踩著輕盈的步子入鏡，亮著精神奕奕的雙眼盯著尋晴瞧。

△家男將一杯紙杯裝的咖啡放在桌案上，然後敲了下桌面。

△尋晴睜開瞇著的雙眼，主觀視線看見咖啡，視線往上挪移則見是家男。

尋晴：咦？

家男：累了嗎，喝杯咖啡提提神。

尋晴：喔，謝謝查總。

△尋晴打開咖啡杯蓋喝了起來，家男則是找了位置坐下來。

△家男取來一張白紙，一支嘜克筆，在紙上畫起漫畫來。他的舉動很是引起尋晴的好奇。

△沒一會兒，一張人物漫畫被完成，特寫圖畫，畫的是尋晴。

△尋晴見圖訝異反應，驚呼。

尋晴：是我！

聞言見狀，她不可思議地注視著他。「哇嗚！」心想，這工作環境與內容，他已熟悉到一種反射層級的狀態，根本不假思索了。單就這一點，她絕對服了他。

午後，陽光斜射入窗，亮得直令人睜不開雙眼。

尋晴吃飽以後收拾飯盒，伸懶腰打了個哈欠，懶洋洋地想睡午覺，因此趴坐在辦公椅上瞇起雙眼提不起任何勁。

家男忽踩著輕盈的步子入內，亮著精神奕奕的雙眼盯著尋晴瞧，將一杯紙杯裝的咖啡置放在桌案上，然後敲了下桌面。

她睜開瞇著的雙眼，看見咖啡，視線往上挪移，見是家男。「咦？」

「累了嗎，喝杯咖啡提提神。」

「喔，謝謝查總。」她打開咖啡的杯蓋喝了起來。

他則是找了位置坐下來，然後取來一張白紙，一支唛克筆，在紙上畫起漫畫來。他的舉動很是引起尋晴的好奇。沒一會兒，一張人物漫畫被完成，畫的是尋晴。

她見圖訝異反應，驚呼。「是我！」

他以食指與拇指將圖給取起來，亮在她面前，一臉微笑。「怎麼樣，還行吧？」

「天啊，查總是漫畫高手耶。」她起身伸手欲取，「這張給我。」

他搖頭，將那張肖像漫畫推入碎紙機裡頭碎掉。碎紙機嘎啦嘎啦地吃掉那張漫畫，消化以後成為條狀碎絲，讓人見了頗為不忍。

△家男以食指與拇指將圖給取起，亮在尋晴面前，一臉微笑。

家男：怎麼樣，還行吧？

尋晴：天啊，查總是漫畫高手耶。（起身伸手欲取）這張給我。

△家男搖頭，將那張肖像漫畫置入碎紙機裡頭碎掉。

△尋晴見狀很是愕然反應。

尋晴：為什麼碎掉它？

家男：查家男真跡，無價之寶，不是任何人可以收藏的。

△尋晴一副「算了」的表情，坐了下來。

△家男再拿起筆來畫圖，尋晴見狀，有了想法。她忙取出相機，開始將他繪圖的神情狀態，依各個不同角度拍攝下來，邊拍邊說。

尋晴：拍你畫畫總行吧？這可是不為讀者所知的一面喔，放在書裡很適合。

△家男沒有反對，繼續專注地繪畫。

△鏡頭一轉，家男改做折紙，手藝十分專業，厲害到能折出紙戰車、紙飛機以及紙戰士。

△尋晴大為驚奇，不斷地以相機或遠或近，仔細地記錄著這些片段。

△家男講解這些折紙藝術時，尋晴則以筆電記錄著他所說的內容。

| | |
|---|---|
| S：25 | 景：員工休息室 |
| 時：日 | 人：尋晴、女員工A、女員工B |

△兩名女同事坐於桌案前喝咖啡一併休息，同時一邊聊天。

△尋晴帶著水杯入內，打算至飲水機前沖茶，忽聽見兩名女同事正在聊八卦。

她見狀很是愕然反應。「為什麼碎掉它？」

「查家男真跡，無價之寶，不是任何人可以收藏的。」

她一副「算了」的表情，坐了下來。

他再拿起筆來畫圖，尋晴見狀，有了想法。她忙取出相機，開始將他繪圖的神情狀態，依各個不同的角度高度拍攝下來，邊拍邊說。「拍你畫畫總行吧？這可是不為讀者所知的一面喔，放在書裡很適合。」

他沒有反對，繼續專注地繪畫。

不知過了多久，他改做折紙，手藝十分專業，厲害到能折出紙戰車、紙飛機以及紙戰士。

她見狀大為驚奇，不斷地以相機或遠或近，仔細地記錄著這些片段。

他講解這些折紙藝術時，她則以筆電記錄著他所述的內容。

◎○◎

兩名女同事坐於桌案前喝咖啡一併休息，因有些無聊所以開始聊天。

尋晴帶著水杯入內，打算至飲水機前沖茶，忽聽見兩名女同事正在聊八卦。

女同事說道：「欸，妳知道嗎，查總那個名媛女友，好像曾經為他拿過孩子耶。」

聞言，尋晴愕然反應。

另一名女同事問道：「妳說的是酈水雲嗎，真的假的？」

「傳聞啊，誰知道是真的假的。」

同事A：欸，妳知道嗎，查總那個名媛女友，好像曾經為他拿過孩子耶。

△聞言，尋晴愕然反應。

同事B：妳說的是酈水雲嗎，真的假的？

同事A：傳聞啊，誰知道是真的假的。

同事B：五年了，好像已經分分合合很多次。

同事A：酈水雲也真厲害，聽說拿掉孩子還能沒事人一樣處理她工作上的事情耶。查總花名在外，搞不好酈水雲就是因為這樣才拿掉小孩的。

同事B：唉，他們這種上流人的思維，我們真的很難理解。

同事A：（打趣）貧窮真是限制了我們的想像力，哈哈——

△尋晴思索反應。

| | |
|---|---|
| S：26 | 景：小會議室 |
| 時：日 | 人：尋晴、家男 |

△尋晴正在筆電前，雙手飛快地打字寫稿，一旁置有一杯茶湯。

△SE敲門聲，引尋晴注意。她停下打字的動作朝門口看去。

尋晴：請進。

△家男入鏡，行至會議桌前坐下，將一杯紙杯裝咖啡置於桌案上。

△尋晴見狀，有些不好意思。

尋晴：查總，又買咖啡了。怎麼好意思？

家男：小錢，不用放心上，就當是幫我寫稿的小福利好了。

尋晴：謝謝查總。

家男：對了，我可以看一下妳之前所拍的照片嗎？

「五年了，好像已經分分合合很多次。」

「酈水雲也真厲害，聽說拿掉孩子還能沒事人一樣處理她工作上的事情耶。查總花名在外，搞不好酈水雲就是因為這樣才拿掉小孩的。」

「唉，他們這種上流人的思維，我們真的很難理解。」

「貧窮真是限制了我們的想像力，哈哈——」其中一女打趣地說道。

尋晴細細地咀嚼著她們所說的話，陷入思索之中。

◎○◎

尋晴正在筆電前，雙手飛快地打字寫稿，一旁置有一杯茶湯。

忽一陣敲門聲響起，引尋晴注意。她停下打字的動作朝門口看去。「請進。」

家男入內，行至會議桌前坐下，將一杯紙杯裝咖啡置於桌案上。

她見狀，有些不好意思。「查總，又買咖啡了。怎麼好意思？」

「小錢，不用放心上，就當是幫我寫稿的小福利好了。」

「謝謝查總。」

「對了，我可以看一下妳之前所拍的照片嗎？」

「當然。查總請稍等。」她縮小打字的文稿視窗，以滑鼠點擊螢幕桌面上的檔案夾，叫出影像檔。她將筆電螢幕轉向他，讓他過目。

他以滑鼠點擊瀏覽照片檔案，仔細地注視著每張照片。看完，他將筆電螢幕轉向她。

尋晴：當然。查總請稍等。

△尋晴縮小打字的文稿視窗，以滑鼠點擊螢幕桌面上的檔案夾，叫出影像檔。

△尋晴將筆電螢幕轉向家男，讓他過目。

△家男以滑鼠點擊瀏覽照片檔案，主觀視線注視著每張照片。

△看完，家男將筆電螢幕轉面向尋晴。

尋晴：查總有什麼想法嗎？

家男：妳很會攝影，技巧很好，構圖、光影、角度都照顧到了。但有極少部分照片妳會以仰角拍攝，看起來我下巴變大了，臉形不好看。

尋晴：（笑了）男生也會在乎這個？

家男：當然，我是高端美紳士。

△尋晴聞言，忍俊不住笑了出來，一笑之後她就尷尬了。

尋晴：呃……，對不起，不該偷笑Boss的。

家男：（故意肅臉）小姐，妳不是偷笑，是正大光明地笑。

△尋晴斂容，正襟危坐。

家男：（笑開）開玩笑的，別擔心。

△尋晴放鬆反應。

家男：主要呢，是仰角拍攝會給觀者一種懾人氣勢，我期望能夠呈現比較平易近人的一面給讀者。

尋晴：嗯，明白了。下次注意。

家男：還有，記得近距離拍攝時要使用大光圈，這樣能夠縮小景深，更突顯主體。大光圈能有較多的進光量，在微光的環境下很需要。

△尋晴抬眼，驚訝地注視著家男。

尋晴：查總連攝影也有研究？太有才了。

家男：（玩笑）正因如此，我才會是Boss，而妳只能幫我寫書。

她問道：「查總有什麼想法嗎？」

「妳很會攝影，技巧很好，構圖、光影、角度都照顧到了。但有極少部分照片妳會以仰角拍攝，看起來我下巴變大了，臉形不好看。」

她笑了，「男生也會在乎這個？」

「當然，我是高端美紳士。」

聞言，她忍俊不住地笑了出來，一笑之後她就尷尬了。「呃……，對不起，不該偷笑Boss的。」

他故意地肅起臉來，「小姐，妳不是偷笑，是正大光明地笑。」

她斂容，正襟危坐。

他笑開，「開玩笑的，別擔心。」

她一臉放鬆反應。

「主要呢，是仰角拍攝會給觀者一種懾人氣勢，我期望能夠呈現比較平易近人的一面給讀者。」

「嗯，明白了。下次注意。」

「還有，記得近距離拍攝時要使用大光圈，這樣能夠縮小景深，更突顯主體。大光圈能有較多的進光量，在微光的環境下很需要。」

她抬眼，驚訝地注視著他。「查總連攝影也有研究？太有才了。」

他玩笑，「正因如此，我才會是Boss，而妳只能幫我寫書。」

她訝異，「哇！雖是事實，但這染房也開得有點大了。」

尋晴：（訝異）哇！雖是事實，但這染房也開得有點大了。

家男：（大笑）逗妳的。

| | |
|---|---|
| S：27 | 景：總經理辦公室 |
| 時：日 | 人：尋晴、家男 |

△家男坐於辦公桌前看著電腦上的資料，一邊喝著咖啡。

△SE敲門聲，家男沒有挪開專注於電腦螢幕的視線，只回應。

家男：請進。

△尋晴抱著筆電，開門入鏡來到家男面前。

尋晴：查總，我來了。

家男：（抬眼）拉一張椅子過來坐下吧。

△於是尋晴動作，拉了椅子坐在家男辦公桌旁邊，然後打開筆電。

尋晴：今天查總想聊什麼話題呢？

家男：（笑）知道微星茶館吧？

尋晴：（點頭）知道啊，微星百貨的自有品牌，全臺灣的微星百貨都有。

家男：那，喝過微星茶館的茶嗎？

尋晴：嗯，喝過。我個人很喜歡蜜柚紅玉，（開心）很讚。

家男：那妳知道微星茶館的茶，是來自於哪裡嗎？

尋晴：（不好意思）抱歉，只懂得喝好茶，沒研究過茶葉的來歷。

家男：紅茶的部分，是來自於日月潭魚池鄉的臺茶18號，也就是紅玉；抹茶的部分，則是來自於京都府宇治市的抹茶。

尋晴：我知道日本京都宇治的抹茶是最高級的抹茶，所以微星茶館會引進可以理解。但紅茶的部分呢，為什麼會選用魚池鄉的臺茶18？

他大笑，「逗妳的。」

◎○◎

家男坐於辦公桌前一邊看著電腦上的資料，一邊喝著咖啡。

敲門聲輕輕地響起，他沒有挪開專注於電腦螢幕的視線，只回應道：「請進。」

尋晴抱著筆電，開門入內來到家男面前。「查總，我來了。」

他抬眼，「拉一張椅子過來坐下吧。」

於是她動作，拉了椅子坐於家男的辦公桌旁邊，然後打開筆電。「今天查總想聊什麼話題呢？」

他笑，「知道微星茶館吧？」

她點頭，「知道啊，微星百貨的自有品牌，全臺灣的微星百貨都有。」

「那，喝過微星茶館的茶嗎？」

「嗯，喝過。我個人很喜歡蜜柚紅玉，」一想起最愛喝的茶品，她開心了起來。「很讚。」

「那妳知道微星茶館的茶，是來自於哪裡嗎？」

她不好意思，「抱歉，只懂得喝好茶，沒研究過茶葉的來歷。」

「紅茶的部分，是來自於日月潭魚池鄉的臺茶18號，也就是紅玉；抹茶的部分，則是來自於京都府宇治市的抹茶。」

「我知道日本京都宇治的抹茶是最高級的抹茶，所以微星茶館會引進可以理解。但紅茶的部分呢，為什麼會選用魚池鄉的臺茶18？」

家男：臺灣茶與阿薩姆紅茶經過六十年配種改良，成為現在所喝的臺茶18，也就是紅玉，它的香氣與味道被認定擁有頂級錫蘭紅茶的水平，還曾被日本天皇指定為御用貢品，因此可以想見，它的等次已經相當高級了。

尋晴：這也是微星茶館使用臺茶18來製作紅茶飲品的主要原因對嗎？

家男：是的，而且這支臺茶18可是得過歐洲獎項的好茶喔。當然，日本的王子抹茶那就更不用說。（笑）我說了一長串，妳都忘了要記錄下來。

尋晴：（俏皮地抱歉）sorry，聽入迷了。（停了一下，問）微星茶館是我們今天訪談的主題對吧？

家男：沒錯。當初要創立這個茶館品牌，是我的堅持。

△尋晴邊打電腦，邊看向家男詢問。

尋晴：坊間的茶吧、小茶館林立，競爭頗激烈，為什麼查總還想做茶館呢？

家男：妳有沒有發現，一般茶館常會轉型成為餐廳？

尋晴：（想）嗯……好像是耶，簡餐配喝茶。

家男：這就是了，茶館經營到某階段會變成以簡餐為主，茶湯反而是其次，但這不是我要的方向呀，茶館真正的主角是茶湯而非餐點。

尋晴：（恍然）所以說，查總所堅持的方向，就與一般茶館有所區隔了。

家男：是的。微星茶館以茶湯為主，價位偏高，但品質肯定高級，又不限制來客飲茶的時數，還提供插座讓來店顧客能夠攜帶筆電前來寫稿或者是開會。如果消費到某個價位，反而贈送茶點或簡餐。

尋晴：嗯，這樣的話，微星茶館就與茶吧以及一般茶館的客群有所不同了。

「臺灣茶與阿薩姆紅茶經過六十年配種改良，成為現在所喝的臺茶18，也就是紅玉，它的香氣與味道被認定擁有頂級錫蘭紅茶的水平，還曾被日本天皇指定為御用貢品，因此可以想見，它的等次已經相當高級了。」

「這也是微星茶館使用臺茶18來製作紅茶飲品的主要原因對嗎？」

「是的，而且這支臺茶18可是得過歐洲獎項的好茶喔。當然，日本的王子抹茶那就更不用說了。」他笑，「我說了一長串，妳都忘了要記錄下來。」

她俏皮地抱歉，「sorry，聽入迷了。」停了一下，她問道：「微星茶館是我們今天訪談的主題對吧？」

「沒錯。當初要創立這個茶館品牌，是我的堅持。」

她邊打電腦，邊看向家男詢問。「坊間的茶吧、小茶館林立，競爭頗激烈，為什麼查總還想做茶館呢？」

「妳有沒有發現，一般茶館常會轉型成為餐廳？」

她想了一下，點頭。「嗯……好像是耶，簡餐配喝茶。」

「這就是了，茶館經營到某階段會變成以簡餐為主，茶湯反而是其次，但這不是我要的方向呀，茶館真正的主角是茶湯而非餐點。」

她恍然，「所以說，查總所堅持的方向，就與一般茶館有所區隔了。」

「是的。微星茶館以茶湯為主，價位偏高，但品質肯定高級，又不限制來客飲茶的時數，還提供插座讓來店顧客能夠攜帶筆電前來寫稿或者是開會。如果消費到某個價位，反而贈送茶點或簡餐。」

家男：（得意一笑）正解。

△家男與尋晴對話時的愉悅輕鬆。

△時間過程。

S：28　　　　　　景：臺北城
時：昏—夜—日　　人：環境人物

△城市景致，黃昏時下班下課的車潮壅塞與人潮川流。

△夜臺北的魅，以及許多夜店外的霓虹燈閃爍。

△旭日東升，緩緩地自地平線升起，光芒萬丈無可抵擋。

△以上畫面快鏡頭帶過，以顯示時間過程。

S：29　　　景：百貨商場／女廁
時：昏　　　人：尋晴、環境人物

△微星百貨外觀黃昏空鏡。

△許多人潮進出，或於百貨公司內部閒逛購物，景況熱鬧的畫面。

△尋晴自廁間開門出，走到洗手臺前洗手、整理服裝儀容。

△對著鏡子左瞧右看，整理好了以後，尋晴便走了出去。

S：30　　　景：小會議室
時：昏　　　人：尋晴、家男

△連上場的服飾與妝髮，尋晴開門入內，赫見家男就坐在會議桌前。

△尋晴上前，側頭看了一眼家男，發現他神情頹喪，她有些

「嗯，這樣的話，微星茶館就與茶吧以及一般茶館的客群有所不同了。」

他得意一笑，「正解。」他與她對話時，一派輕鬆愉悅。

◎◎◎

城市景致。黃昏時分正值下班下課時段，此時可謂車潮壅塞、人潮川流。夜臺北的魅力十足令人迷炫，許多夜店外的霓虹燈閃爍則更使人有種紙醉金迷的浮華感受，宛如浮士德的詭異微笑。

站立微星百貨外放眼望去，視線所及盡是黃昏時分一抹一抹紫曛。

下班時間許多人潮進出百貨公司，或於內部閒逛shopping，景況可謂異常熱鬧。

尋晴自廁間開門出，走到洗手臺前洗手、整理服裝儀容。

對著鏡子左瞧右看，整理好了以後，尋晴便走了出去。回到會議室她開門入內，赫見家男就坐在會議桌前。

她上前，側頭看了家男一眼，發現他神情有些積喪，她感到有些愕然。「查總，怎麼了？」

他以手抹抹臉，振作精神，看向她。「沒事。」

「可是你看起來臉色不太好……」

他起身，勉強換上一張笑臉。「真的沒事。」想起了什麼，忽問道：「呃……妳今天晚上有事

愕然。

尋晴：查總，怎麼了？

△家男以手抹抹臉，振作精神，看向尋晴。

家男：沒事。

尋晴：可是你看起來臉色不太好……

△家男起身，勉強換上一張笑臉。

家男：真的沒事。（想起）呃……妳今天晚上有事嗎？

尋晴：沒事啊。查總有事？

家男：想找人聊聊。如果妳今晚沒事，我去妳家接妳。方便嗎？

△尋晴憶及，休息室內兩名女員工的談話，INS：S-25

同事A：欸，妳知道嗎，查總那個名媛女友，好像曾經為他拿過孩子耶。

△聞言，尋晴愕然反應。

同事B：妳說的是酈水雲嗎，真的假的？

同事A：傳聞啊，誰知道是真的假的。

同事B：五年了，好像已經分分合合很多次。

△畫面回本場，尋晴再憶及自己上網Google的新聞，INS：S-21

△特寫電腦螢幕上秀著Google的蒐索條列：「查家男一夜情」、「查家男約砲疑雲」、「查家男編年史：十年情史一次回顧」……

△尋晴再點進其他則網路新聞，主觀鏡頭顯示新聞內容：「百貨男神查家男與名媛酈水雲情牽五年，分分合合」。

△畫面回本場，尋晴有些若有所思反應。

△家男見狀，有些不解。

家男：怎麼了，不方便？

尋晴：（回神，掩飾）喔，不會啊。

嗎？」

「沒事啊。查總有事？」

「想找人聊聊。如果妳今晚沒事，我去妳家接妳。方便嗎？」

她沒有回應，而是忽憶及休息室內兩名女同事的談話：

「欸，妳知道嗎，查總那個名媛女友，好像曾經為他拿過孩子耶。」

聞言，尋晴愕然反應。

「妳說的是酈水雲嗎，真的假的？」

「傳聞啊，誰知道是真的假的。」

「五年了，好像已經分分合合很多次。」

尋晴再憶及自己上網Google的新聞，電腦螢幕上秀著Google的蒐索條列：「查家男一夜情」、「查家男約砲疑雲」、「查家男編年史：十年情史一次回顧」……

她再點進其他則網路新聞，注視著螢幕上的新聞內容：「百貨男神查家男與名媛酈水雲情牽五年，分分合合……」

從記憶之中回到現實，尋晴若有所思，顯然仍有點猶豫遲疑。

家男見狀，有些不解。「怎麼了，不方便？」

她回神，忙掩飾。「喔，不會啊。」

「那就先這樣，妳等我電話。」

她點頭，「嗯。」

家男：那就先這樣，妳等我電話。
尋晴：（點頭）嗯。

△家男轉身，走了出去。

△尋晴戒慎地目送他離去的背影。

| | |
|---|---|
| S：31 | 景：尋晴房 |
| 時：夜 | 人：尋晴 |

△尋晴坐於電腦前寫稿，SE輕音樂不停地流轉。

△尋晴寫稿累了，抬眼看向窗外一輪明月，再將視線拉回到桌案上的小時鐘，此時已是「20:00」。

△尋晴起身來到衣櫥前，翻找了欲更換的衣服，拿了便進浴室裡洗澡。

△時間過程。

△洗完澡尋晴貼了面膜走出來，行至桌前看向時鐘，已是「21:00」。

△尋晴半臥半坐在床舖上閱讀，讀著讀著眼皮重了起來，然後睡著了。

△鏡頭拉到一旁桌案上的小時鐘，特寫顯示是「22:31」。

△Fade out.

| | |
|---|---|
| S：32 | 景：美食廣場餐館 |
| 時：午 | 人：尋晴、家男、服務生、少許環境人物 |

△微星百貨公司外觀日空鏡。

△尋晴正坐在一家義大利料理餐館，靠窗的桌位用餐。

△家男從餐館外走過，見尋晴獨自一人用餐，便走了進去，

他轉身，走了出去。
她戒慎地目送他離去的背影。

◎◎◎

尋晴坐於電腦前寫稿，音箱所傳出的輕音樂不停地流轉。
她寫稿累了，抬眼看向窗外一輪明月，再將視線拉回到桌案上的小時鐘，此時已是「20:00」。
她起身來到衣櫥前，翻找了欲更換的衣服，拿了便進浴室裡洗澡。洗完澡她貼了面膜走出來，行至桌前看向時鐘，時間正好跳到「21:00」。
她半臥半坐於床鋪上閱讀，讀著讀著眼皮重了起來，沒一會兒便睡著了。此時一旁桌案上的小時鐘，已顯示是「22:31」。

◎◎◎

微星百貨公司外，一大片金色陽光如金粉一樣灑落而下。
午間休息時間，尋晴正坐在一家義大利料理餐館，靠窗的桌位用餐。
家男從餐館外走過，見尋晴獨自一人用餐，便走了進去，一直來到她所坐的桌位前。
「我可以坐下嗎？」
她停下用餐動作，抬眼見是家男，於是點頭。「喔，可以呀。」
他便坐下，招來服務生。

一直來到她所坐的桌位前。

家男：我可以坐下嗎？

△尋晴停下用餐動作，抬眼見是家男。

尋晴：喔，可以呀。

△於是家男坐下來，招來服務生。

服務生：先生，您好。

家男：麻煩請給我一份，和這位小姐一樣的餐點。

服務生：好的，請稍等喔。

△家男頷首，服務生離去。

家男：（好奇）妳喜歡吃義大利料理？

尋晴：嗯。

家男：還喜歡什麼？

尋晴：喜歡中式、臺式、港式料理。

家男：喜歡甜點嗎？

尋晴：喜歡，但是會很嚴謹控制攝取量，為了健康。

家男：（笑）哇，妳很自律。

尋晴：對我而言這是一種習慣，如果不自律，好像就不是過生活了。

家男：欣賞，跟我一樣。

尋晴：寫稿人在工作上比其他工作更需要自律，因為必須趕截稿。

家男：那倒是。

△時間過程，家男的餐點被服務生仔細優雅地送上來。

△家男頷首，服務生回禮以後離去。家男開始用餐，邊吃邊說話。

家男：抱歉，昨晚臨時有事所以爽約了。

尋晴：沒關係，其實昨晚寫稿累了我就睡著了。

家男：那就好，擔心妳一直等。

尋晴：昨天不是有事想聊嗎？既然一起用餐，不如現在聊？

「先生，您好。」服務生速速地走來，微笑親切地問候。
「麻煩請給我一份，和這位小姐一樣的餐點。」
「好的，請稍等喔。」
他頷首，服務生離去。他笑注視著她，好奇地問道：「妳喜歡吃義大利料理？」
「嗯。」她邊小口用餐，邊回應。
「還喜歡什麼？」
她不假思索，「喜歡中式、臺式、港式料理。」
「那，喜歡甜點嗎？」
「喜歡，但是會很嚴謹控制攝取量，為了健康。」
「哇嗚，」他微笑，「妳很自律。」
「對我而言這是一種習慣，如果不自律，好像就不是過生活了。」
「欣賞，跟我一樣。」
「寫稿人在工作上比起其他工作更需要自律，因為必須趕截稿。」
「那倒是。」
一段時間以後，家男的餐點被服務生仔細優雅地送上來。他頷首，服務生回禮以後離去。
他開始用餐，邊吃邊說話。「抱歉，昨晚臨時有事所以爽約了。」
「沒關係，其實昨晚寫稿累了我就睡著了。」
「那就好，擔心妳一直等。」

家男：不想在公開場合裡談私事，人多口雜。

△尋晴反應。

| | |
|---|---|
| S：33 | 景：小會議室 |
| 時：日 | 人：尋晴、家男 |

△家男端著一杯紙杯裝咖啡，站在落地窗前觀看窗外的臺北景致。

△尋晴坐在會議桌的筆電前，一旁亦有一杯紙杯裝咖啡。

△家男端著咖啡走回會議桌前，坐下，然後注視著尋晴。

尋晴：查總今天想聊什麼話題？

家男：尋晴，妳平常除了接出版社案子以外，還有其他工作嗎？

△尋晴搖頭，眼底泛起不解家男何以如是問的眼神。

家男：那，收入夠妳生活嗎？

尋晴：（笑）我不奢華，除三餐跟雜支以外，沒別的了。平均月收入三萬，夠。

家男：租房呢？

尋晴：住家裡，跟爸媽哥哥一起住。

家男：爸媽還在工作？

尋晴：嗯，他們都是公務員，不能大富大貴但生活穩定。哥哥在醫院，從事醫技的工作。

家男：所以，妳一天到晚都在採訪或寫稿？

尋晴：還在念研究所。

家男：（好奇）為什麼想念書？

尋晴：不只採訪寫稿，也做其他創作呀。對創作人而言，持續進修是很重要的事情，多看多學，對創作而言其實很有助益。

家男：（點頭）不論生活或創作，妳都很清楚自己想要的究竟是

「昨天不是有事想聊嗎?既然一起用餐，不如現在聊?」
「不想在公開場合裡談私事，人多口雜。」
她一聽，心中有些愕然，究竟有什麼私事，讓他不願在此開口談呢?

◎○◎

家男端著一杯紙杯裝咖啡，站在落地窗前觀看窗外的臺北景致。
尋晴坐於會議長形桌案上的筆電前，一旁亦有一杯紙杯裝咖啡。
他端著咖啡走回會議桌前，坐下，然後注視著她。
她問道:「查總今天想聊什麼話題?」
「尋晴，妳平常除了接出版社案子以外，還有其他工作嗎?」
她搖頭，眼底泛起不解他何以如是問的眼神。
「那，收入夠妳生活嗎?」
她笑，「我不奢華，除了三餐跟雜支以外，沒別的了。平均月收入三萬，夠。」
「租房呢?」
「住家裡，跟爸媽哥哥一起住。」
「爸媽還在工作?」
「嗯，他們都是公務員，不能大富大貴但生活穩定。哥哥在醫院，從事醫技的工作。」
「所以，妳一天到晚都在採訪或寫稿?」

什麼。

尋晴：是這樣沒錯。（停頓，笑）查總，今天要談的主題⋯⋯不會是我吧？

家男：（笑）只是想多瞭解妳，畢竟這個月我們必須共處。

尋晴：那，查總想到要談的主題了嗎？

家男：不如，今天開放讓妳來發問。

△尋晴注視著家男，有點欲言又止。

△家男看出來，饒富興味，笑了。

家男：想問什麼就問吧。

尋晴：其實，很想瞭解查總⋯⋯（家男眼神示意她繼續），關於感情的部分。

△家男思索了會兒，點頭表示同意。

家男：不過，今天所聊的，我不想寫進書裡。

△尋晴頷首，將手機取出放在桌案上。

尋晴：手機放桌上，我沒錄音，查總可以檢查。

家男：（放心）問吧。

尋晴：以前曾有報導提過，查總和名媛酈水雲交往，這是真的嗎？

家男：是真的，而且我們交往五年了，五年來分分合合。

尋晴：查總很愛她嗎？

家男：很愛，她是一個很有質感的女人。她學歷好、家世好、聰明漂亮，重點是很有頭腦，很有想法，將自己的事業搞得有聲有色。

尋晴：查總其實也是啊，難怪您會喜歡這樣的女人，很般配。

家男：但也因為她這些特質，既吸引我，與我的關係又很矛盾。

尋晴：為什麼？

家男：兩個很相像的人，會很有默契，很清楚對方在想些什麼，但因為少有互補，所以易有爭執。我們都太強了。

「還在念研究所。」

他好奇，「為什麼想念書？」

「不只採訪寫稿，也做其他創作呀。對創作人而言，持續進修是很重要的事情，多看多學，對創作而言其實很有助益。」

他點頭，「不論生活或創作，妳都很清楚自己想要的究竟是什麼。」

「是這樣沒錯。」她停頓，微笑。「查總，今天要談的主題……不會是我吧？」

他笑，「只是想多瞭解妳，畢竟這個月我們必須共處。」

「那，查總想到要談的主題了嗎？」

「不如，今天開放讓妳來發問。」

注視著他，她有點欲言又止。

他看出來，饒富興味，笑了。「想問什麼就問吧。」

「其實，很想瞭解查總……」她有些囁嚅，他感受到了，於是眼神示意她繼續。她才終於對他小心翼翼地說道：「關於感情的部分。」

他思索了會兒，點頭表示同意。「不過，今天所聊的，我不想寫進書裡。」

她頷首，將手機取出放在桌案上。「手機放桌上，我沒錄音，查總可以檢查。」

他放心，「問吧。」

「以前曾有報導提過，查總和名媛酈水雲交往，這是真的嗎？」

「是真的，而且我們交往五年了，五年來分分合合。」

尋晴：嗯，可以理解。

家男：正因如此，導致我們分分合合……

△尋晴與家男認真談話，時間過程。

| | |
|---|---|
| S：34 | 景：百貨公司二樓　室內天井欄杆 |
| 時：日 | 人：尋晴、家男、環境人物 |

△家男站在天井欄杆前，俯視一樓所有櫃位與動線，神情很是滄桑。

△尋晴正要離開，行至二樓見到家男，走了過去。她在一旁觀察，見他好似心情很沉重的樣子。

尋晴：查總……

家男：要走了？

尋晴：下午三點有三堂課。

家男：那快去吧。

尋晴：（察顏觀色）查總……還好嗎？

家男：（笑）晚上有空嗎？陪我小酌。

△尋晴有些遲疑，略為思慮以後仍是點頭。

家男：幾點下課，六點？

尋晴：嗯。

家男：（不容拒絕）我去學校校門口載妳。

△語畢，家男離去。

△尋晴反應。

「查總很愛她嗎？」
「很愛，她是一個很有質感的女人。她學歷好、家世好、聰明漂亮，重點是很有頭腦，很有想法，將自己的事業搞得有聲有色。」
「查總其實也是啊，難怪您會喜歡這樣的女人，很般配。」
「但也因為她這些特質，既吸引我，與我的關係又很矛盾。」
「為什麼？」
「兩個很相像的人，會很有默契，很清楚對方在想些什麼，但因為少有互補，所以易有爭執。我們都太強了。」
「嗯，可以理解。」
「正因如此，導致我們分分合合……」
◎○◎
家男站在天井欄杆前，俯視一樓所有櫃位與動線，神情很是滄桑。
尋晴正要離開，行至二樓見到家男，走了過去。她在一旁觀察，見他好似心情很沉重的樣子。
「查總……」
「要走了？」
「下午三點有三堂課。」
「那快去吧。」

| | |
|---|---|
| S：35 | 景：臺北教育大學校門口 |
| 時：昏 | 人：尋晴、環境人物 |

△尋晴揹著包包，站在校門口旁的警衛室前等待。

△尋晴掏出手機，主觀視線特寫螢屏上顯示的時間是「18:15」。

△尋晴等候的各種姿勢與走位，或坐、或蹲、或站，不停地轉換位置，以顯示其時間過程。

△尋晴再看手機，主觀視線顯示時間為「19:10」。

△尋晴收起手機放入包裡，默默地離開。

△尋晴走在前往捷運站的路上，街景不斷地向後倒刷，最後來到捷運站入口，走了進去。畫面搭以下OS。

尋晴：（OS）查總沒有現身，也沒來電告知緣由。他像是天邊一顆星，與我是不同世界的兩個人，不可能平起平坐，所以我告訴自己，就將今天的事情遺忘吧。但不知為何，總隱隱有絲扎刺的感覺扎著自己的心頭，是卑微、是感到被戲弄、是憤怒，抑或是其他？

| | |
|---|---|
| S：36 | 景：微星百貨連馬路 |
| 時：夜—日 | 人：尋晴、環境人物 |

△城市景致，由夜轉日，以顯示時間過程。

△馬路上人潮川流；車水馬龍，交通繁忙的畫面。

△尋晴沿著馬路旁的人行道，朝百貨公司的方向走。

△尋晴進入百貨公司。

她察顏觀色，「查總……還好嗎？」

他笑，「晚上有空嗎？陪我小酌。」

她有些遲疑，略為思慮以後仍是點頭。

「幾點下課，六點？」他問。

「嗯。」她回應。

他不容拒絕地說道：「我去學校校門口載妳。」語畢，他頭也不回地離去。

她有些愕然，又有些不知所措，真不解何以他要約她小酌。

尋晴揹著包包，站在校門口旁的警衛室前等待。

尋晴掏出手機，注視著螢屏，其上所顯示的時間是「18：15」。

她等候在校門口，或坐、或蹲、或站、或靠牆，又或者不停地轉換位置，已不知等候多久了。

當她再一次看手機的時候，時間已是「19：10」。

她收起手機放進包裡，不再等了，默默地離開。

她走在前往捷運站的路上，街景不斷地向後倒刷。她邊走心裡邊想道：「查總沒有現身，也沒來電告知緣由。他像是天邊一顆星，與我是不同世界的兩個人，不可能平起平坐，所以我告訴自己，就將今天的事情遺忘吧。但不知為何，總隱隱有絲扎刺的感覺扎著自己的心頭，是卑微、是感到被戲弄、是憤怒，抑或是其他？」

| | |
|---|---|
| S：37 | 景：大辦公室 |
| 時：日 | 人：尋晴、環境人物 |

△尋晴於其中忙影印一些資料。

△內部所有人員工作的畫面，快鏡頭交疊帶過。

| | |
|---|---|
| S：38 | 景：電梯口／1F |
| 時：昏 | 人：尋晴、家男、環境人物 |

△尋晴揹著筆電，正在等候電梯。

△家男拎著公事包走來，站在她身後。

△尋晴覺身後有人，回眸一瞧見是家男，有些愕然。

家男：要回家了嗎？

尋晴：嗯。

家男：我正好也要離開，一起下樓。

△尋晴不置可否，只微笑反應。

△電梯到了，噹一聲門打開，兩人走進電梯。

△電梯內，尋晴立於一隅操控樓層面板，安之若素。家男則是站在她身旁。電梯緩緩而下，幾秒鐘以後門在1F的樓層打開。

尋晴：（向家男）查總，先走了。bye bye。

△尋晴頭也不回地步出電梯。

家男：晚上見。

△尋晴聞言，莫名不解，於是猛然地回頭注視著他。

尋晴：什麼？

家男：晚上見。

△尋晴不解，想再仔細問清楚，但電梯門已然闔上。尋晴從

◎◎◎

城市景致，由夜轉日。

馬路上人潮川流，車水馬龍，交通異常繁忙。

尋晴沿著馬路旁的人行道，朝著微星百貨公司的方向走。

大辦公室尋晴於其中忙影印一些資料，其他人則安份地守於自己的工作崗位上認真地處理著自己的事情。一日從早到晚不停地忙碌，終於來到下班的時間了。許多大辦公室的同仁陸續地打卡離開，但仍有不少人還坐在桌位前處理自己手頭上的一些大小事情。

尋晴揹著筆電走到電梯口，正在等候電梯。

家男拎著公事包走來，站在她身後。

尋晴覺身後有人，回眸一瞧見是家男，有些愣然。

「要回家了嗎？」他問。

「嗯。」

「我正好也要離開，一起下樓。」

她不置可否，只微笑反應。

電梯到了，噹一聲門打開，兩人走進電梯。

電梯門闔上的細縫中，主觀視線見到家男溫文的微笑。

△站在電梯口，尋晴腦海裡縈迴著方才家男所說的那句話，INS：「晚上見」。

△尋晴疑惑的神情反應，一直盯著緊閉的電梯門板若有所思。

| | |
|---|---|
| S：39 | 景：尋晴房／車內 |
| 時：夜 | 人：尋晴／家男 |

△尋晴在微弱的燈光下收信，看著一封封朋友所寄來的e-mail，於是一封封地開啟視窗，閱讀著訊息內容。背景是小提琴古典輕音樂，不停地流轉。

△尋晴離開電腦，將自己摔進床鋪，取過一本厚厚的書開始閱讀。

△SE手機鈴聲，引尋晴關注，她取過一看，來電顯示是「查家男」。

△尋晴疑遲了一會兒，按下接聽鍵。

△以下兩景對跳。

尋晴：喂……

家男：是我。

尋晴：有事嗎？

家男：今天下班的時候，我不是說了「晚上見」嗎？

尋晴：查總莫名奇妙丟了一句話，我不夠聰明，不清楚是何意思。

△家男在車內，駛離了停車場坡道，方向盤一個轉向往右方駛去。

家男：我在停車場，剛離開公司。妳換個衣服，我去妳家接妳。

△家男掛上電話，專心開車。

△尋晴想要拒絕，但電話已被切斷。

電梯內，尋晴立於一隅操控樓層面板，安之若素。家男則是站在她身旁。電梯緩緩而下，幾秒鐘以後門在1F的樓層打開。

她轉過頭去，禮貌地向他致意。「查總，先走了。Bye-bye。」她頭也不回地步出電梯。

「晚上見。」他忽然在她身後說了這麼一句話。

聞言，她莫名不解，於是猛然地回頭注視著他。「什麼？」

「晚上見。」

她不解，想再仔細問清楚，但電梯門已然闔上。她從電梯門闔上的細縫中，見到他溫文的微笑。站在電梯口，她腦海裡縈迴著方才他所說的那句話——「晚上見」。

她疑惑地站著紋絲不動，一直盯著緊閉的電梯門板陷入思索之中。為什麼晚上見？他們之間的工作聯繫應該僅止於辦公室裡的訪談互動才對，畢竟彼此間除了家萱生日那天晚上一起吃飯唱KTV以外，沒有任何交情與情誼。面對他態度上的糢糊曖昧，她感到些微不安與害怕。但若說是曖昧，似乎又少了一些相關證據。一直鑽牛角尖、防備再防備，倒又顯得自己有點多想了，小家子氣。為什麼自己會如此小心翼翼，為什麼這個男人會帶給自己這麼大的壓力呢？

◎○◎

尋晴在微弱的燈光下收信，看著一封封朋友所寄來的e-mail，於是一封封地開啟視窗，閱讀著訊息內容。背景是小提琴古典輕音樂，不停地流轉。

她離開電腦，將自己摔進床鋪，取過一本厚厚的書開始閱讀。

△尋晴有些無奈，放下手機，到一旁衣櫥打開，挑了衣褲正欲更衣。

S：40　　景：艾宅樓下管理室
時：夜　　人：尋晴、家男、管理員

△一輛黑色轎車停於大樓前的馬路旁，尋晴踏出管理室大門就望見了。

△尋晴穿著藍白直條紋襯衫、深藍色小喇叭牛仔褲，腳踩黑色高跟鞋，肩背一個時髦大黑包。她走到馬路旁，家男主觀視線看見，於是將車緩緩地駛向她。

△車停，車內的家男搖下車窗，朝尋晴喊著。

家男：尋晴——

△尋晴聞喚，走到車輛旁看向車內的家男。

家男：（微笑）上車吧。

△於是尋晴打開車門，彎身坐了進去。

△車子駛離，揚長而去。

S：41　　景：車內
時：夜　　人：尋晴、家男

△車裡，揚溢著古典樂，輕柔而令人放鬆。

△家男專注地開車，尋晴則是靜靜地坐在副駕駛座上。

△尋晴竊竊地凝視家男的側影，線條穠纖合度而立體，很是好看。

△家男忽轉過頭來看向尋晴，尋晴有些猝不及防，忙轉開雙眼。

手機鈴聲，引她關注，她取過一看，來電顯示是「查家男」。她疑遲了一會兒以後，按下接聽鍵。「喂……」

「是我。」

「有事嗎？」

「今天下班的時候，我不是說了『晚上見』嗎？」

「查總莫名奇妙丟了一句話，我不夠聰明，不清楚是何意思。」

他在車內，駛離了停車場坡道，方向盤一個轉向往右方駛去。「我在停車場，剛離開公司。妳換個衣服，我去妳家接妳。」他掛上電話，專心開車。

她想要拒絕，但電話已被切斷。她回撥，對方電話中竟轉到語音信箱。她有些無奈，放下手機，到一旁衣櫥打開，挑了衣褲正欲更衣。

一輛黑色轎車停於大樓前的馬路旁，尋晴踏出管理室大門就望見了。

尋晴穿著藍白直條紋襯衫、深藍色小喇叭牛仔褲，腳踩黑色高跟鞋，肩背一個時髦大黑包。她走到馬路旁，家男看見，於是將車緩緩地駛向她。

車停，車內的家男搖下車窗，朝尋晴喊著。「尋晴——」

聞喚，她走到車輛旁低頭看向車內的他。

他朝她微笑，「上車吧。」

於是她打開車門，彎身坐了進去。

△家男微笑，並沒有說話。

△尋晴將雙手放在大腿上，因不自在而下意識地以手指敲打節拍似的。

△家男邊專注地開車邊說話。

家男：吃過晚餐了嗎？

尋晴：吃過了。

家男：不如，我帶妳去個好地方。

尋晴：哪裡？

家男：先別問，這樣才會有驚喜。

△尋晴無奈微笑，將視線瞥向車窗外，看著夜城市的霓虹景致。

| | |
|---|---|
| S：42 | 景：小咖啡館 |
| 時：夜 | 人：尋晴、家男、少許環境人物 |

△家男的車行駛至一家咖啡館。

△館前擺設一張洛可可裝飾風格的長椅，大門亦是相同風格，加上跑馬燈，夜裡看去十分美麗。

△尋晴與家男緩步地行至咖啡館前，推門入內。家男目光審視館內，選擇靠窗的位置走過去，尋晴在他身後跟著。到了位置，兩人坐定，然後開始翻看桌案上的Menu。

△鏡頭一轉，所點的甜點與咖啡已然上桌，兩人享用中。

家男：（笑）知道妳喜歡甜點，所以帶妳過來嚐嚐。

尋晴：但我對甜點攝取一直有很嚴格的控制。

家男：知道妳很自律，在各方面。但偶爾放鬆一下，這叫做「享受生活」。

△尋晴一笑不再多說，而是親嚐了一口甜點，很滿足地笑了。

車子駛離，揚長而去。

車裡，揚溢著古典樂，輕柔而令人放鬆。

家男專注地開車，尋晴則是靜靜地坐在副駕駛座上。

尋晴竊竊地凝視家男的側影，線條穠纖合度而立體，很是好看。

他忽轉過頭來看向她，她有些猝不及防，忙轉開雙眼。

他微笑，並沒有說話。

她則是將雙手放在大腿上，因不自在而下意識地以手指敲打節拍似的。

他邊專注地開車邊說話，「吃過晚餐了嗎？」

「吃過了。」

「不如，我帶妳去個好地方。」

「哪裡？」

「先別問，這樣才會有驚喜。」

她無奈微笑，將視線瞥向車窗外，看著夜城市的霓虹景致與一片斑斕。

家男的座車行駛至一家咖啡館。

館前擺設一張洛可可裝飾風格的長椅，大門亦是相同風格，加上跑馬燈，夜裡看去十分璀璨美麗。

家男：怎麼樣，還不錯吧？

尋晴：好吃，而且這裡的布置格調我很喜歡。

家男：臺北要找這樣的店不容易，這是我朋友的店。

尋晴：很適合帶筆電過來寫稿。

家男：我跟朋友打聲招呼，以後想寫稿妳就來，保證有優惠。

尋晴：謝謝查總。

△尋晴吃了一口焦糖布丁乳酪蛋糕，很沉溺於口中滋味。

尋晴：吃點甜食，心情似乎變好了。可惜我沒這手藝。

家男：作法不難，最底層餅乾體的部分，將餅乾打碎以後置入蛋糕模裡壓平壓緊，冷藏半小時。然後將吉利丁粉倒入冷開水裡泡個5分鐘……

△家男製作乳酪糊的畫面。

△家男製作布丁層的畫面。

△家男製作焦糖凍的畫面。

△畫面回到本場，家男微笑。

尋晴：（訝異）原來查總會烘焙？相形之下我好遜喔。

家男：想吃的話來這裡就好，不必親手做。妳的雙手是用來寫作跟攝影的。

△尋晴倒是不好意思笑笑，不語。

家男：上回跟妳提到微星茶館的事情，還沒全說完喔。

尋晴：咦？

家男：微星的糕點，不僅在茶館供客人點餐，也在公司超市與烘焙坊販售。

尋晴：我倒不曉得呢。為什麼會連公司超市、烘焙坊都有賣呢？

家男：希望顧客即便沒進茶館消費，也能享受美食。而且在公司烘焙坊所賣的，是禮盒的形式，這種點心送禮自食皆適宜。

△尋晴點頭，然後是兩人愉悅談話的過程。

她與他緩步地行至咖啡館前，推門入內。他目光審視館內，選擇靠窗的位置走過去，她在他身後跟著。到了位置，兩人坐定，然後開始翻看桌上的Menu餐點。

稍後，所點的甜點與咖啡已然上桌，兩人享用中。

他笑，「知道妳喜歡甜點，所以帶妳過來嚐嚐。」

「但我對甜點攝取一直有很嚴格的控制。」

「知道妳很自律，在各方面。但偶爾放鬆一下，這叫做『享受生活』。」

她一笑不再多說，而是親嚐了一口甜點，很滿足地笑了。

「怎麼樣，還不錯吧？」

「好吃，而且這裡的布置格調我很喜歡。」

「臺北要找這樣的店不容易，這是我朋友的店。」

「很適合帶筆電過來寫稿。」

「我跟朋友打聲招呼，以後想寫稿妳就來，保證有優惠。」

「謝謝查總。」她吃了一口焦糖布丁乳酪蛋糕，很沉溺於口中滋味。「吃點甜食，心情似乎變好了。可惜我沒這手藝。」

「作法不難，最底層餅乾體的部分，將餅乾打碎以後置入蛋糕模裡壓平壓緊，冷藏半小時。然後將吉利丁粉倒入冷開水裡泡個5分鐘……」他回想著自己製作乳酪糊的步驟，以及製作布丁層、焦糖凍的作法。然後，他微笑地凝視著她。

她聞言則有些訝異，「原來查總會烘焙？相形之下我好遜喔。」

S：43　　　景：臺北城
時：夜—日　人：環境人物

△夜臺北的魅，以及許多夜店外的霓虹燈閃爍。

△旭日東升，光芒萬丈。人潮與車潮皆湧現。

△以上畫面快鏡頭帶過，以顯示時間過程。

S：44　　　景：學校教室
時：昏　　　人：尋晴、教授、同學若干

△校園空鏡。

△教室內，講臺上的PPT投影片還亮著，教授上完課收拾好教科書以後離去。

△幾名研究生收拾東西，嘰嘰喳喳地討論吃晚飯的碎詞：「好餓喔」、「一起吃飯吧」、「去哪兒吃呀」、「學校附近有很棒的茶館啊」。

△尋晴正將教科書與講議放進包包裡，一名同學走了過來。

同學：尋晴，我們要去吃飯，一塊去吧。

尋晴：（微笑）好啊好啊。去哪兒吃？

同學：茶書院。

△尋晴揹著包包，與幾名女同學一同離去。

S：45　　　景：茶書院
時：夜　　　人：尋晴、同學若干、環境人物

△尋晴與幾名女同學放下包包，翻閱桌案上的Menu準備點餐。

△鏡頭一轉，套餐皆已被送上桌案，幾個女生開始邊說話邊

「想吃的話來這裡就好，不必親手做。妳的雙手是用來寫作跟攝影的。」

她倒是不好意思地笑了笑，不語。

「上回跟妳提到微星茶館的事情，還沒全說完喔。」

「咦？」

「微星的糕點，不僅在茶館供客人點餐，也在公司超市與烘焙坊販售。」

「我倒不曉得呢。為什麼會連公司超市、烘焙坊都有賣呢？」

「希望顧客即便沒進茶館消費，也能享受美食。而且在公司烘焙坊所賣的，是禮盒的形式，這種點心送禮自食皆適宜。」

聽著他侃侃而談，且與公事有關，她防備擔憂的心思倒鬆緩了不少。心情一鬆緩，食欲便也大開了。

◎○◎

夜臺北的魅，以及許多夜店外的霓虹燈閃爍，引人目眩神迷。

夜逐漸地被白晝蠶食吞沒，旭日緩緩地東升，終至光芒萬丈。人潮與車潮皆開始湧現，整個城市宛若甦醒的巨人一般動了起來。快節奏的空間，在一番頻密的人群互動以後，終究告一段落，走向間歇的黃昏時分。此時，夕照溫柔地照看人間，似指引著一條條人們歸家的路。

朝夕日夜，如此不停地流轉更迭。

吃晚飯。

△同學們彼此分享自己的食物給其他人，大家試吃，皆點頭稱讚。

△Fade out.

| | |
|---|---|
| S：46 | 景：茶書院外 |
| 時：夜 | 人：尋晴、同學若干 |

△Fade in.

△尋晴與幾名同學用完餐走了出來，正準備回家。

△其中一名同學挽著尋晴的手。

同學：我們倆可以一起走耶，同方向。

尋晴：好啊好啊，一起做伴，車上聊天。（忽想起）啊不行，我筆電放在公司沒帶，得折回去拿。

同學：都這麼晚了。

尋晴：沒辦法，今晚有稿子要寫，每天都安排了進度。

同學：好吧，那我就跟曉姍她們先走囉。

尋晴：嗯，改天見。

同學們：（異口同聲）bye-bye。

△尋晴與同學們，各自往不同的方向離去。

| | |
|---|---|
| S：47 | 景：微星百貨—小會議室 |
| 時：夜 | 人：尋晴 |

△小會議室主觀鏡頭，尋晴開門入內亮燈，來到會議桌前收拾筆電放進袋子裡。

△尋晴提著筆電，隨意地收拾了一下桌面，然後關燈離去。

教室內，講臺上的ＰＰＴ投影片還亮著，教授上完課收拾好教科書以後離去。

幾名研究生收拾東西，嘰嘰喳喳地討論著要去哪兒吃晚飯：「好餓喔」、「一起吃飯吧」、「去哪兒吃呀」、「學校附近有很棒的茶館啊」。

尋晴正將教科書與講議放進包包裡，一名同學走了過來。

「尋晴，我們要去吃飯，一塊去吧。」

尋晴微笑，「好啊好啊。去哪兒吃？」

「茶書院。」

尋晴揹著包包，與幾名女同學一同離去。

抵達茶館以後，尋晴與幾名女同學找了位置放下包包坐定，然後翻閱桌案上的Menu準備點餐。

稍後，套餐皆已被送上桌案，幾名女生開始邊說話邊吃晚飯。

同學們彼此分享自己的食物給其他人，大家試吃，點頭稱讚。話匣子打開的時光，一幕幕如同電影般定格，歡欣喜悅全儲存在腦海裡。

尋晴與幾名同學用完餐走了出來，正準備回家。

其中一名同學挽著尋晴的手，「我們倆可以一起走耶，同方向。」

「好啊好啊，一起做伴，車上聊天。」走沒幾步路，尋晴忽然想起了什麼。「啊不行，我筆電放在公司沒帶，得折回去拿。」

| | |
|---|---|
| S：48 | 景：總經理辦公室內／外走廊 |
| 時：夜 | 人：家男、時髦女子／尋晴 |

△尋晴揹包包、提著筆電，緩緩地走在走廊上。

△經過總經理辦公室，見門虛掩，細縫之中透出微弱的光線。

△尋晴主觀視線，從細縫之中往裡瞧，見一名穿著入時且非常美麗的女子，依偎在家男懷裡。尋晴有些震驚反應。

△一會兒，家男摟著女子的腰身，然後親吻了她。兩人的親吻，由淺啄至熱烈，家男的手也不安份了起來。

△尋晴下意識地以手掩住自己的嘴，然後躡手躡腳悄悄地離開。

| | |
|---|---|
| S：49 | 景：捷運站月臺連列車車箱內 |
| 時：夜 | 人：尋晴、環境人物 |

△許多乘客站定，正在候車進站。

△尋晴揹著包包、提著筆電來到月臺邊排隊，臉色木然。

△尋晴腦海裡一直縈迴著方才的畫面，INS上一場家男與女子的互動：

△一會兒，家男摟著女子的腰身，然後親吻了她。兩人的親吻，由淺啄至熱烈，家男的手也不安份了起來。

△畫面閃回本場，尋晴的眉心微蹙。

△一會兒以後，列車進站響起了嗶嗶聲，列車停下以後，到站的人潮下車，之後則是候車的乘客陸續地走進車箱。

△尋晴進入車箱以後尋了個座位坐下來，抬眼看向車窗外，一會兒以後列車駛離月臺，視覺上景物迅速地倒刷而去。

△尋晴思索反應。

「都這麼晚了。」
「沒辦法，今晚有稿子要寫，每天都安排了進度。」
「好吧，那我就跟曉姍她們先走囉。」
「嗯，改天見。」
同學們異口同聲地說道：「bye-bye。」
尋晴與同學們，各自往不同的方向離去。

小會議室裡一片闃靜，尋晴開門入內以後亮燈，來到會議桌前收拾筆電放進袋子裡。尋晴提著筆電，隨意地收拾了一下桌面，然後關燈離去。

她揹包包、提著筆電，緩緩地走在走廊上。經過總經理辦公室，見門虛掩，細縫之中透出微弱的光線。她從細縫之中往裡瞧，見一名穿著入時且非常美麗的女子，依偎在家男懷裡。見狀，她有些震驚反應。

一會兒，家男摟著女子的腰身，然後親吻了她。兩人的親吻，由淺啄至熱烈，家男的手也不安份了起來。尋晴下意識地以手掩住自己的嘴，然後躡手躡腳悄悄地離開。

許多乘客站定，正在捷運月臺上候車進站。

尋晴揹著包包、提著筆電來到月臺邊排隊，表情木然。

尋晴：（OS）剛才查總辦公室裡的女人，並不是酈水雲。所以，他劈腿；或者是分手以後的新歡？

△列車行駛中，Fade out.

S：50　　景：小會議室
時：午　　人：尋晴、家男

△微星百貨日空鏡，晴空萬里，光芒萬丈。

△鏡頭一轉，尋晴正專注地坐於筆電前寫稿，邊寫邊喝咖啡。

△尋晴忽停下動作，縮小文件工作視窗，打開瀏覽器連上網，來到Youtube點選古典音樂的檔案夾，挑選一個音樂視頻播放。驟然間小提琴古典樂音流轉而出，陪伴著她。

△工作畫面交疊以顯示其時間過程。

△家男提著兩個盒飯入鏡，行至尋晴眼前。

家男：嗨，吃飯囉。

△尋晴沒有回應，顯然過份專注以致於有些忘我，於是家男敲了下桌面，以引起她的注意。

△尋晴這才停下動作抬起眼來，看見家男。

家男：妳寫稿都這麼認真的嗎？完全鑽進稿子的世界裡了。

尋晴：（不明所以）啊？

△家男將裝了盒飯的袋子擱置於桌案上。

家男：我方才說「吃飯囉」，妳都沒聽見？

△尋晴微張著嘴，而後靦笑了一下。

家男：工作很重要，但記得休息先祭五臟廟。

△家男自袋子裡取出盒飯，一個給自己；一個給尋晴，再貼心地遞上匙筷。

△尋晴有些不好意思地接過，頷首。

她的腦海裡一直縈迴著方才的畫面：一會兒，家男摟著女子的腰身，然後親吻了她。兩人的親吻，由淺啄至熱烈，家男的手也不安份了起來……

從方才的記憶畫面回到現實，她的眉心微蹙。一會兒以後，列車進站響起了嗶嗶聲，列車停下以後，到站的人潮下車，之後則是候車的乘客陸續地走進車箱內。

她進入車箱以後尋了個座位坐下來，抬眼看向車窗外，一會兒以後列車駛離月臺，視覺上景物迅速地倒刷而去。她一臉若有所思反應，不禁心下想道：「剛才查總辦公室裡的女人，並不是酈水雲。所以，他劈腿；或者是分手以後的新歡？」一整個晚上，這件事情一直禁不住地在她的腦袋裡頭不停地轉著。

◎○◎

微星百貨外，一片藍天晴空萬里，光芒萬丈。

會議室裡，尋晴正專注地坐於筆電前寫稿，邊寫邊喝咖啡。

尋晴忽停下動作，縮小文件工作視窗，打開瀏覽器連上網，來到Youtube點選古典音樂的檔案夾，挑選一個音樂視頻播放。驟然間小提琴古典樂音流轉而出，陪伴著她。

家男提著兩個盒飯入內，行至尋晴眼前。「嗨，吃飯囉。」

尋晴沒有回應，顯然過份專注以致於有些忘我，於是他敲了下桌面，以引起她注意。

她這才停下動作抬起眼來，看見他。

「妳寫稿都這麼認真的嗎？完全鑽進稿子的世界裡了。」

尋晴：其實查總不用幫我買飯，我下樓吃就行了。

家男：每天下樓吃，不膩嗎？偶爾換一下口味也不錯。

尋晴：讓查總破費了。

家男：欸，此言差矣，照顧幫我寫稿的專業人士，必須的。（笑）

△於是兩人開始用餐。

家男：（邊吃邊問）如何，不錯吧？我朋友的店做的料理。

尋晴：（停下動作）查總的朋友不是開咖啡館就是餐館？真有口福。

家男：說到餐館，有一家知名連瑣的店想進駐微星，我正在考慮中。

尋晴：喔？

家男：想先去試一下他們的料理，先過我這一關再說。

尋晴：嗯。

家男：下班別回去了，晚上陪我去試吃？

尋晴：我？

家男：嗯，兩個人試吃，比較客觀啊。

尋晴：可是今天晚上那個……

家男：好啦，就這麼決定了。（示意）趕快吃飯吧。

△家男津津有味地吃著，尋晴則是若有所思地注視著他。

| | |
|---|---|
| S：51 | 景：餐館 |
| 時：夜 | 人：尋晴、家男 |

△室內安置了幾幅偌大油畫在牆面上，鏡頭一幅幅地審視，很是藝術浪漫的氣息。

△桌上布置了好幾個香氛蠟燭，還有一支裝有幾朵鮮花的小玻璃瓶。

△桌案上布滿了所點的套餐與其他額外餐食，尋晴與家男對坐，正在用餐。

她有些不明所以，「啊？」

他將裝了盒飯的袋子擱置於桌案上，「我方才說『吃飯囉』，妳都沒聽見？」

她微張著嘴，而後靦笑了一下。

「工作很重要，但記得休息先祭五臟廟。」他自袋子裡取出盒飯，一個給自己；一個給她，再貼心地遞上匙筷。

她有些不好意思地接過，頷首。「其實查總不用幫我買飯，我下樓吃就行了。」

「每天下樓吃，不膩嗎？偶爾換一下口味也不錯。」

「讓查總破費了。」

「欸，此言差矣，照顧幫我寫稿的專業人士，必須的。」語畢，他朝她一笑。

於是兩人開始用餐。

他邊吃邊問道：「如何，不錯吧？我朋友的店做的料理。」

她停下動作，「查總的朋友不是開咖啡館就是餐館？真有口福。」

「說到餐館，有一家知名連瑣的店想進駐微星，我正在考慮中。」

「喔？」

「想先去試一下他們的料理，先過我這一關再說。」

「嗯。」

「下班別回去了，晚上陪我去試吃？」

「我？」

家男：（笑）在這裡用餐氣氛很好，很能讓人放鬆心情。

△尋晴抬眼注視著家男，沒有說話，只是朝他笑了笑。

△此時窗外能見夜景繁光點點，如鑽被包裹在黑絲絨布裡。那一大片閃爍不停的人間燈海，如同與天上星海相互輝映一樣。然而一眼望去，還是覺得凡間的燈海明亮璀璨，更勝一疇。

△家男不停地斟酒、喝著紅酒，尋晴則是滴酒不沾。

家男：妳看，窗外的燈海還有一彎勾月，（沉醉）看起來真美。第一次在這裡用餐，這氣氛讓人太驚豔了。

△尋晴停下動作，往窗外瞧去，還是沒有說話。她像一隻貓一樣，警醒似地觀察著所有一切。

家男：覺得味道如何？

△尋晴將視線給拉回來，對著家男笑點頭。

尋晴：真的挺不錯，食材的搭配、味道與口感層次都很OK。

家男：我也這麼覺的。

尋晴：所以查總同意餐館進駐了？

家男：嗯。（忽笑）我是美食主義者，讓他進駐，就能享受美食了。

尋晴：假公濟私。

家男：哈，妳這麼說我不能反駁。

| | |
|---|---|
| S：52 | 景：餐館外小路 |
| 時：夜 | 人：尋晴、家男 |

△兩人用完餐，相偕出來透透氣。此時，家男已有些微醺。

家男：吃飽之後，不如走走吧，（笑）有助消化。

尋晴：嗯。

△家男看向尋晴，見她總是不同花色的襯衫、小喇叭牛仔褲、

「嗯，兩個人試吃，比較客觀啊。」

「可是今天晚上，那個……」

「好啦，就這麼決定了。」他朝她努努嘴，「趕快吃飯吧。」

他津津有味地吃著，那吃飯的神情猶似一個天真的孩童般純潔，令人一時之間忘了必須有所防備。她則是若有所思地注視著他。

室內安置了幾幅偌大油畫在牆面上，一幅幅地注視瀏覽，很是藝術浪漫的氣息。桌上布置了好幾個香氛蠟燭，還有一支裝有幾朵鮮花的小玻璃瓶。

一會兒，案上布滿了所點的套餐與其他額外餐食，尋晴與家男對坐，正在用餐。

他燦著一抹笑容，「在這裡用餐氣氛很好，很能讓人放鬆心情。」

她抬眼注視著他，沒有說話，只是朝他笑了笑。

此時窗外能見夜景繁光點點，如鑽被包裹在黑絲絨布裡。那一大片閃爍不停的人間燈海，如同與天上星海相互輝映一樣。然而一眼望去，還是覺得凡間的燈海明亮璀璨，更勝一疇。

他不停地斟酒、喝著紅酒，她則是滴酒不沾。

「妳看，窗外的燈海還有一彎勾月，看起來真美。第一次在這裡用餐，這氣氛讓人太驚豔了。」

她停下動作，往窗外瞧去，但還是沒有說話。她像隻貓一樣，警醒似地觀察著所有一切：他，還有這放眼望去一大片美麗的夜景。

「覺得味道如何？」

黑色高跟鞋、穿戴得體的小飾品，以及及肩的短直髮，有些著迷。

家男：妳的打扮很簡單俐落，卻也能發現妳衣著上的小巧思。很有一種……（思索正確的形容）

尋晴：（好奇）什麼？

家男：知性美。

△對於家男的讚美，尋晴只是微笑但並不回應。

△家男掏出手機，找了一下Youtube裡頭的檔案，點了古典樂，立時迷人的樂音流轉而出。

△尋晴的眼睛亮起來，注視著家男。

尋晴：是德布西的〈月光〉。

家男：妳也知道他的音樂？

尋晴：我一直有聽古典樂的習慣啊。

家男：（想起）啊對，妳在公司寫稿的時候都聽古典樂。

尋晴：（微笑）沒想到查總也喜歡。

家男：是啊，尤其這種輕柔的音樂。德布西是法國印象派的作曲家，他的〈月光〉被公認是法國鋼琴曲目中最有魅力的樂曲之一，既浪漫又典雅，在晚上的時候聽，（讚歎）甚是美麗。

尋晴：嗯，查總知道電影《瞞天過海》跟《暮光之城》，都是以〈月光〉當作背景配樂嗎？

家男：知道啊。但好聽的古典樂不只這一首，好比薩堤的〈吉諾佩第組曲〉也非常好聽。

尋晴：（接口）舒伯特〈小夜曲〉。

家男：（笑點頭）蕭邦的〈夜曲〉、〈離別曲〉……

△說著家男便將流轉〈月光〉樂曲的手機放進口袋裡，然後拉起尋晴的手，隨著〈月光〉的旋律翩然起舞。

△尋晴有些愕然，但家男並未鬆手，而是領著她一起劃著圈

她將視線給拉回來，對著他笑點頭。「真的挺不錯，食材的搭配、味道與口感層次都很ＯＫ。」

「我也這麼覺的。」

「所以查總同意餐館進駐了？」

「嗯。」他忽笑了，「我是美食主義者，讓他進駐，就能享受美食了。」

「假公濟私。」

「哈，妳這麼說我不能反駁。」

兩人用完餐，相偕出來透透氣。此時，家男已有些微醺。

「吃飽之後，不如走走吧，」他笑，「有助消化。」

「嗯。」她沒有抬眼，只低頭認真地走路。

他看向她，見她總是不同款式花色的襯衫、小喇叭牛仔褲、黑色高跟鞋、穿戴得體的小飾品，以及及肩的妹妹頭短直髮，有些著迷。「妳的打扮很簡單俐落，卻也能發現妳衣著上的小巧思。很有一種……」他正在思索著更為正確貼切的形容。

聞言，她好奇，如水面平靜般的臉龐終於泛起一絲漣漪。「什麼？」

「知性美。」

對於他的讚美，她只是微笑但並不回應。

掏出手機，找了一下Youtube裡頭的檔案，點了古典樂，立時迷人的樂音流轉而出。

她的眼睛亮起來，注視著他。「是德布西的〈月光〉。」

圈……

尋晴：我不太會跳舞……

家男：不管舞步，只要盡興就好。

△月光下兩人共舞，尋晴的神情一直是小心翼翼的。而家男，早已陶醉在夜色的魅惑與樂章的催化陷阱裡。

△旋律一直持續，忽然家男凝睇著尋晴，然後雨點式地親吻著她。

△尋晴驚了一跳來不及反應，家男眼裡溢滿情感，再次啄吻著她的雙唇。

△尋晴的腦海裡，忽浮現那晚家男與女子在辦公室親吻的畫面。INS：S-48

△一會兒家男摟著女子的腰身，然後親吻了她。兩人的親吻，由淺啄至熱烈，家男的手也不安份了起來。

△畫面閃回本場，尋晴理智出頭，用力地推了家男一把。他本有點微醺，因而有些猝不及防踉蹌了一下。被這麼一推，他倒有點回神了。

△兩人彼此注視，皆有些尷尬反應。

△尋晴受不住尷尬氛圍，躲避著走開去。

△家男有些震愕反應，注視著尋晴的背影。

△好一會兒以後，家男收斂情緒走向尋晴。

家男：我送妳回去吧。

△於是家男朝車的方向走去，尋晴懊惱且心緒雜陳地跟上。

△來到車前，家男掏出鑰匙開啟車門，正要坐進車裡。

△尋晴來到家男身旁，取過了他手裡的車鑰匙。

尋晴：查總剛才喝了不少紅酒，我來吧。

△尋晴將包包放進車後座，坐進駕駛座發動車子。家男則是繞至副駕駛座也跟著坐進去。

「妳也知道他的音樂？」

「我一直有聽古典樂的習慣啊。」

他想起來了，「啊對，妳在公司寫稿的時候都聽古典樂。」

她微笑，「沒想到查總也喜歡。」

「是啊，尤其這種輕柔的音樂。德布西是法國印象派的作曲家，他的〈月光〉被公認是法國鋼琴曲目中最具有魅力的樂曲之一，既浪漫又典雅，在晚上的時候聽，」他一臉讚歎的神情，「甚是美麗。」

「嗯，查總知道電影《瞞天過海》跟《暮光之城》，都是以〈月光〉當作背景配樂嗎？」

「知道啊。但好聽的古典樂不只這一首，好比薩堤的〈吉諾佩第組曲〉也非常好聽。」

她想了一下，接口。「舒伯特〈小夜曲〉。」

他笑點頭，「蕭邦的〈夜曲〉、〈離別曲〉……」說著他便將流轉〈月光〉樂曲的手機放進口袋裡，然後拉起她的手，隨著〈月光〉的旋律翩然起舞。

她有些愕然，但他並未鬆手，而是領著她一起劃著圈圈……

「我不太會跳舞……」她的腳步確實有些慌亂。

「不管舞步，只要盡興就好。」

月光下兩人共舞，她的神情一直是小心翼翼的。而他，早已陶醉在夜色的魅惑，同時陷進樂章催化的陷阱裡。

旋律一直持續，忽然他凝睇著她，然後雨點式地親吻著她。

△車輛緩緩地駛離，隱沒在魅人的夜色裡。

S：53　　　景：車內
時：夜　　　人：尋晴、家男

△車內，沒有任何一點聲響，有的只是車窗外風速猛烈而呼嘯的聲音。

△尋晴專注地開車，一眼也沒有看向家男。

△家男坐在副駕駛座上，不時瞥著尋晴，有些不解又有點不知所措。這是他所未曾遇見過的狀況。

S：54　　　景：家男宅樓下／車內
時：夜　　　人：尋晴、家男

△車子在一幢華美的社區大樓前停下。

△鏡跳車內，尋晴解開身前的安全帶，瞥頭抬眼看向家男。

尋晴：（沒有情緒）查總早點休息，明天見。

△家男抓住尋晴的手，凝睇著她。

家男：妳要怎麼回去？

尋晴：查總不用擔心，我搭計程車就可以了。

△尋晴掙脫家男的手，自後座取出自己的大包包揹上，開車門下車，然後頭也不回地往黑夜裡走去。

△家男愕然反應。

她驚了一跳來不及反應，他眼裡溢滿情感，再次啄吻著她的雙唇。她的腦海裡，霎時忽浮現那晚他與其他女子在辦公室裡親吻的畫面。

尋晴的理智出頭，用力地推了他一把。他本有點微醺，因而有些猝不及防踉蹌了一下。被這麼一推，他倒有點回神了。兩人彼此注視，皆有些尷尬反應。

她受不住尷尬氛圍，躲避著走開去。

他有些震愕反應，注視著她的背影。已然清醒的他，當然很清楚是自己突如奇來的舉動驚嚇了她。迅急思索一番，他為什麼會親吻她呢？自己其實只是順著氛圍與情感的帶領，然後做了一個這樣令人驚訝的舉動。但，除了魅惑的夜色令人毫不設防以外，難道沒有其他因素嗎？他不停地問著自己。是的，他並不討厭她，甚至對於她的許多優點，諸如：她清楚知道自己想要的是什麼、她的知性美與書卷氣、她的寫作能力、自愛自律、樸實無華……等等皆令人感到欣賞。在他眼裡，她是如此賞心悅目且相處起來能夠感到舒服的一個女人。

思索了好一會兒以後，他收斂情緒走向她。「我送妳回去吧。」

於是他朝車的方向走去，她則是懊喪且心緒雜陳地跟上。

來到車前，他掏出鑰匙開啟車門，正要坐進車子裡。

她則來到他身旁，取過了他手心裡的車鑰匙。「查總剛才喝了不少紅酒，我來吧。」她將包包放進車後座，接著開門坐進駕駛座發動了車子。

見狀，他便繞至副駕駛座也跟著坐進去。

車輛緩緩地駛離，隱沒在魅人的夜色裡。

S：55　　　　景：晚萩宅客廳
時：夜　　　　人：尋晴、晚萩

△尋晴與晚萩坐在沙發上，面前各置放了一杯茶，桌案上還有其他點心。

△尋晴傾身往前端起茶杯，喝了口茶以後暗自歎息。

晚萩：我與家男有過數面之緣，之前曾在微星辦過簽書會，他有出席。

△尋晴不說話，似乎一直在做思考。

晚萩：家男的條件挺好，如果他確實單身，而妳想結婚的話，他會是很不錯的選擇。

尋晴：我有道德、情感潔癖，（搖頭）不可能跟劈腿、一夜情的男人在一起。即使他的條件再好、再有錢、再帥，我也不要。

晚萩：所以這是妳和其他女孩不一樣的地方。正因如此，若我推斷沒錯的話，家男應該喜歡妳。

△尋晴聞言，很是愕然。

尋晴：我有什麼值得他喜歡的地方？我只是一個出身很平凡的女生。

晚萩：他眼光很高，一般女孩他看不上。入得了他眼的，學歷、工作能力、性情、品貌、家庭，缺一不可。他接觸的大多是浮華世界裡的女人，但妳不是，而妳的條件除了家世以外，完全符合他的標準，和妳相處互動會很舒服。

尋晴：不管怎麼說，他有條件那麼好的女朋友，就算彼此有問題存在，難道不能溝通嗎？為什麼要養成慣性劈腿、一夜情的惡習？

△晚萩端著茶杯，啜了兩口茶以後放下，看向尋晴。

晚萩：（歎笑）跟妳分享一個，我曾經認識過的男人。

△尋晴很認真地凝視著晚萩，等著她繼續地說下去。

車內，沒有任何一點聲音，有的只是車窗外風速猛烈的呼嘯聲。
她專注地開車，一眼也沒有看向他。
他坐在副駕駛座上，不時瞥著她，有些不解又有點不知所措。這是他所未曾遇見過的狀況。在他的情史裡，他從來毋需去追求任何女人，所有女人總是自動地投入他的懷抱，絲毫不費吹灰之力。如若他主動地親吻了一個女孩，這個吻之於女孩而言，肯定如帝王般的恩賞一樣，從未有人如此嚴正地拒絕過。而現在，他身邊的這個女人似乎不屑又嫌惡自己，要不，她怎會如此奮力地推開自己呢？縱使他的舉動有些唐突，應不至於讓她如此痛惡深絕才是啊。但為什麼，他總有一個感覺，她其實並不是真正討厭而是害怕他？
半個多小時的車程以後，車子在一幢華美的社區大樓前停下。
車內，她解開身前的安全帶，沒有情緒瞥頭抬眼看向他。「查總早點休息，明天見。」
他抓住她的手，凝睇著她。「妳要怎麼回去？」
「查總不用擔心，我搭計程車就可以了。」她掙脫他的手，自後座取出自己的大包包揹上，開車門下車，然後頭也不回地往黑夜裡走去。
見狀，他一臉黯然，心裡著實有些難受。

◎○◎

尋晴與晚萩坐在沙發上，面前各置放了一杯茶，桌案上還有其他點心。

晚萩：那男人的條件很好，學歷高，家世好，有才華，很優的社經地位，對女人很是挑剔。在他眼裡，女人是一顆顆不同的寶石，他呵護欣賞，愛極了不同女人不同的風情萬種。

尋晴：晚萩姐的意思是，查家男跟這男人很像？

晚萩：嗯。這男人高桿就在於，不以粗俗平常手段撩撥女人，總是展現自己的能力與才華，以詼諧風趣的態度、生活的品味討女人歡心。即便玩膩的女人也絕不會撕破臉，把惡事做絕，所以多年以來從沒有任何一個被分手的女人對他有痛惡深絕的怨恨。

尋晴：（失笑）他以為自己是賈寶玉嗎？

晚萩：或許他覺得自己是呀。總之，他算是個渣亦有道；渣而不爛的男人。

尋晴：渣就是渣，不論是撩撥情感、佔有肉體或是金錢糾葛，程度不同罷了。

晚萩：我是覺得，對家男來說，第一他愛每一種風情的女人；第二可能是難以駕馭酈水雲的不確定感，讓他感到空虛寂寞；第三或有可能他想藉由征服不同女人來證明自己的優越。

尋晴：不論他是哪種心態，或者這三種都有，渣就是渣，情感不專一的男人不管他條件再好我都無法接受。

晚萩：（瞭然）妳在情感上很自律、很有原則。但是，不是每個人都像妳這樣。

尋晴：所以，我是怪物？

晚萩：不是怪物，是難得。男人與女人的思維很不同，在某些男人來說，沒有肉體關係、金錢關係，只是情感撩撥的話，那稱不上是什麼罪過，畢竟他沒有踩線或者越雷池。至於表明有家室或者有女朋友的身分，外面的女人還願意當小三，那這就叫做『你情我願』，更談不上是負心或玩弄了。愛情如同遊戲，規則講清楚了就不能耍賴，一旦耍賴那就是女人的不

尋晴傾身往前端起茶杯，喝了口茶以後暗自歎息。

晚萩說道：「我與家男有過數面之緣，之前曾在微星辦過簽書會，他有出席。」

尋晴不說話，似乎一直在做思考。

「家男的條件確實挺好，如果他確實單身，而妳想結婚的話，他會是很不錯的選擇。」

「我有道德、情感潔癖，」尋晴搖頭，「不可能跟劈腿、一夜情的男人在一起。即使他的條件再好、再有錢、再帥，我也不要。」

「所以這是妳與其他女孩不一樣的地方。正因如此，若我推斷沒錯的話，家男應該喜歡妳。」

尋晴聞言，很是愕然。「我有什麼值得他喜歡的地方？我只是一個出身很平凡的女生。」

「他眼光很高，一般女孩他看不上。入得了他眼的，學歷、工作能力、性情、品貌、家庭，缺一不可。他接觸的大多是浮華世界裡的女人，但妳不是，而妳的條件除了家世以外，完全符合他的標準，和妳相處互動會很舒服。」

「不管怎麼說，他有條件那麼好的女朋友，就算彼此有問題存在，難道不能溝通嗎？為什麼要養成慣性劈腿、一夜情的惡習？」

晚萩端著茶杯，啜了兩口茶以後放下，看向尋晴，歎笑。「跟妳分享一個，我曾經認識過的男人。」

尋晴很認真地凝視著晚萩，等著她繼續地說下去。

「那男人的條件很好，學歷高，家世好，有才華，很優的社經地位，對女人很是挑剔。在他眼裡，女人是一顆顆不同的寶石，他呵護欣賞，愛極了不同女人不同的風情萬種。」

是，是女人在鬧小性子了。但男人忽略了一點，那就是——人的貪心；女人一旦擁有一部分，就會期望進而擁有男人的全世界，即使遊戲規則講得再清楚那也沒有用。

尋晴：（沮喪）晚萩姐見過的世面，確實比我多。我還真不知道，原來男人的想法是這樣。男人很理性，但與其說女人貪心，倒不如說是太感性、太感情用事了。

晚萩：打個比方吧。女人之於家男而言，像是世界各地成千上萬道美麗風景，像中了旅遊的癮一樣，每道風景都吸引人也都想賞玩，卻從沒有細心選擇最適合他的那道美景。在男人來說，過盡千帆不過是風流倜儻，不是錯也不是罪。

△尋晴似乎有點情緒混亂，起身走到落地窗前凝視著窗外斑斕的夜景。

△晚萩亦起身，走向尋晴，手搭在她肩上。

晚萩：妳看起來，很困擾的樣子。

尋晴：（迷惘）我不知道，之後該以什麼心態來面對他。

△晚萩扳過尋晴的肩，迫她注視著自己。

晚萩：傻女孩，其實，妳喜歡上他了妳知道嗎？

△尋晴聞言，愕然反應。

晚萩：靈魂有100分的感性，但道德良心讓妳有100分的理性。這兩個力道衝撞，妳的心……會很辛苦。

△尋晴反應。

「晚萩姐的意思是，查家男跟這男人很像？」

「嗯。這男人高桿就在於，不以粗俗平常手段撩撥女人，總是展現自己的能力與才華，以詼諧風趣的態度、生活的品味討女人歡心。即便玩膩的女人也絕不會撕破臉，把惡事做絕，所以多年以來從沒有任何一個被分手的女人對他有痛惡深絕的怨恨。」

尋晴失笑，「他以為自己是賈寶玉嗎？」

「或許他覺得自己是呀。總之，他算是個渣亦有道；渣而不爛的男人。」

「渣就是渣，不論是撩撥情感、佔有肉體或是金錢糾葛，程度不同罷了。」

「我是覺得，對家男來說，第一他愛每一種風情的女人；第二可能是難以駕馭鄺水雲的不確定感，讓他感到空虛寂寞；第三或有可能他想藉由征服不同女人來證明自己的優越。」

「不論他是哪種心態，或者這三種都有，渣就是渣，情感不專一的男人不管他條件再好我都無法接受。」

晚萩瞭然，「妳在情感上很自律、很有原則。但是，不是每個人都像妳這樣。」

「所以，我是怪物？」

「不是怪物，是難得。男人與女人的思維很不同，在某些男人來說，沒有肉體關係、金錢關係，只是情感撩撥的話，那稱不上是什麼罪過，畢竟他沒有踩線或者越雷池。至於表明有家室或者有女朋友的身分，外面的女人還願意當小三，那這就叫做『你情我願』，更談不上是負心或玩弄了。愛情如同遊戲，規則講清楚了就不能耍賴，一旦耍賴那就是女人的不是，是女人在鬧小性子了。但男人忽略了一點，那就是——人的貪心；女人一旦擁有一部分，就會期望進而擁有男人的全

| | |
|---|---|
| S：56 | 景：小會議室 |
| 時：日 | 人：尋晴、家男 |

△尋晴坐在筆電前，卻沒有工作的心思。

△家男小心翼翼地入鏡，來到尋晴面前，敲了下桌面然後坐下。

△尋晴回神，與家男的眸光相接，兩人眼裡皆有些尷尬。

△家男旋燦出一抹溫暖的笑容以化解，挪一杯咖啡放在她的眼前。

尋晴：（手輕觸著咖啡杯）謝謝查總。

家男：今天，來聊聊我求學的過程吧。

△尋晴故作大方，朝家男微笑。

尋晴：好啊。那……，我們就開始吧。

△家男喝了兩口咖啡，放下杯子。他的目光投射在落地窗外的景致，似憶及遠古世紀的往事。

家男：高中畢業以後，我就被父母親送到美國去念書了。

尋晴：哪一所學校？

家男：申請上芝加哥大學，一直到研究所畢業都待在那裡。

尋晴：芝大是石油大王洛克斐勒所創辦的學校，商學院非常有名。

家男：對……

△家男開始侃侃而談，尋晴亦展現專業，邊聆聽邊以筆電打字做記錄。

△兩人談話不同的角度畫面交疊，以顯示時間過程。

世界，即使遊戲規則講得再清楚那也沒有用。」

尋晴很是沮喪，「晚萩姐見過的世面，確實比我多。我還真不知道，原來男人的想法是這樣。男人很理性，但與其說女人貪心，倒不如說是太感性、太感情用事了。」

「打個比方吧。女人之於家男而言，像是世界各地成千上萬道美麗風景，像中了旅遊的癮一樣，每道風景都吸引人也都想賞玩，卻從沒有細心選擇最適合他的那道美景。在男人來說，過盡千帆不過是風流倜儻，不是錯也不是罪過。」

尋晴的情緒似乎有點混亂，起身走到落地窗前凝視著窗外斑斕的夜景。

晚萩亦起身，走向尋晴，手搭在她肩上。「妳看起來，很困擾的樣子。」

尋晴有些迷惘，「我不知道，之後該以什麼心態來面對他。」

晚萩扳過尋晴的肩，迫她注視著自己。「傻女孩，其實，妳喜歡上他了妳知道嗎？」

聞言，尋晴愕然反應。怎麼可能，真是這樣嗎？抑或是，自欺欺人？

「靈魂有一百分的感性，但道德良心讓妳有一百分的理性。這兩個力道衝撞，妳的心……會很辛苦。」

◎○◎

尋晴坐在筆電前，卻沒有工作的心思。

家男小心翼翼地入內，來到她的面前，敲了下桌面然後坐下。

她回神，與他的眸光相接，兩人眼裡閃爍皆有些尷尬。

S：57　　　景：夜店
時：夜　　　人：家男、好友三人、辣妹若干

△夜，城市霓虹閃爍與街燈柔光吐放，彼此相互輝映的炫目景致。

△夜店絢爛外觀空鏡。

△家男與三名男性好友在裡頭喝酒，身旁各坐著年輕陪酒的辣妹。

△家男左擁右抱，摟著美女飲酒，腦海裡卻忽然浮現自己與尋晴工作互動時的畫面，INS：

△S-19家男與尋晴、總編輯，初次見面的情景。

△S-23尋晴陪家男巡視百貨樓層的情景。

△S-24家男畫漫畫給尋晴看，以及折紙的事情。

△S-27家男與尋晴聊著微星茶館的事情。

△S-42家男帶尋晴去咖啡館享用甜品的事情。

△S-51家男帶尋晴去餐館試吃用餐的畫面。

△S-52家男與尋晴隨著德布西〈月光〉旋律翩然起舞的畫面。

△S-52家男親吻尋晴的畫面。

△畫面回本場，家男的眉心有些微蹙。美女勸酒，他敷衍地笑著，然後一杯杯黃湯仰首一飲而盡。

△璀璨的投射燈，光線不斷地射下，十足紙醉金迷。

S：58　　　景：家男宅客廳
時：夜　　　人：家男

△家男回到家，開門以後捻亮大燈，屋內美式的裝潢格調，華美而空蕩蕩。

他旋燦出一抹溫暖的笑容以化解，挪一杯咖啡放在她的眼前。

她的手輕觸著咖啡杯，不自覺地以手指摳了下紙杯。「謝謝查總。」

「今天，來聊聊我求學的過程吧。」

她故作大方，朝他微笑。「好啊。那……，我們就開始吧。」

他喝了兩口咖啡，放下杯子，目光投射在落地窗外的景致，似憶及遠古世紀的往事。「高中畢業以後，我就被父母親送到美國去念書了。」

「哪一所學校？」

「申請上芝加哥大學，一直到研究所畢業都待在那裡。」

「芝大是石油大王洛克斐勒所創辦的學校，商學院非常有名。」

「對……」他開始侃侃而談。

她亦展現專業，邊聆聽邊以筆電打字做記錄……

◎○◎

夜，城市霓虹閃爍與街燈柔光吐放，彼此相互輝映的炫目景致。

家男與三名男性好友在酒吧裡頭喝酒，身旁各坐著年輕陪酒的辣妹。

家男左擁右抱，摟著美女飲酒，腦海裡卻忽然浮現自己與尋晴工作互動時的畫面，他回想起自己與尋晴、總編輯，初次見面時的情景。她陪著自己巡視百貨樓層的情景。他畫漫畫給她瞧，以及折紙的事情。他與她聊著微星茶館的事情。他帶著她去咖啡館享用甜品的事情。他帶她去餐館試吃

△家男來到沙發，整個人因醉酒而癱於其上。

△家男想起親吻尋晴，卻被她給狠狠推開的那個晚上，INS：S-52

△尋晴理智出頭，用力地推了家男一把。他本有些微醺，有點猝不及防踉蹌了一下。被這麼一推，他倒有點回神了。

△兩人彼此注視，皆有些尷尬反應。

△畫面閃回本場，家男失笑，迷迷糊糊地睡著了。

| | |
|---|---|
| S：59 | 景：小會議室／騎樓 |
| 時：日 | 人：尋晴、家男 |

△小會議室，尋晴寫稿，家男為她帶來一杯紙杯裝咖啡還有個三明治。

※　※　※

△午休時間，家男為尋晴帶來一個盒飯，然後靜靜地離去。尋晴反應。

※　※　※

△下雨天，尋晴在騎樓底下避雨。

△家男驅車經過時不意看見，因此下車打了把傘走向她。

家男：要回家嗎？雨這麼大，上車吧，我送妳。

尋晴：（客套）不麻煩查總了，不太順路。

家男：就算不順路，開車繞一下，不耽誤多少時間的。

尋晴：（靦笑，搖頭）沒關係，反正我不趕時間。

用餐的那天晚上。他與她隨著德布西〈月光〉的旋律翩然起舞。他於微醺之下情不自禁地親吻她的畫面。

從過往的記憶回到現實，他的眉心有些微蹙。美女勸酒，他敷衍地笑著，然後一杯杯黃湯仰首一飲而盡。

璀璨的投射燈，其魅力四射的光線不斷地射下，十足紙醉金迷的氛圍。

深夜，家男回到家，開門以後捻亮大燈，屋內美式的裝潢格調，華美而空蕩蕩。

他來到沙發，整個人因醉酒而癱於其上，一隻手臂垂落在地面上而毫不自知。迷迷糊糊間，他想起自己親吻尋晴，卻被她給狠狠推開的那個晚上──她理智出頭，用力地推了他一把。他本有些微醺，有點猝不及防踉蹌了一下。被這麼一推，他倒有點回神了。兩人彼此注視，皆有些尷尬反應……

從那晚尷尬的氛圍回到現實，他不禁失笑。他笑自己，居然如此在意一個女人，連工作、與朋友飲酒作樂，仍不停地想著她念著她。要測試一個人喜不喜歡另外一個人，很簡單，只要他腦海裡不停地縈迴那人的一顰一笑，那就是了。要測試是否愛上了那人，也不難，只需彼此分隔兩地，朝夕不見卻仍盼著可以朝朝暮暮，那就是百分之百地愛上了她。如此想著想著，加以酒精作祟，所以意識開始模糊，不久以後他便逐漸地闔上雙眼睡著了。

△家男不再多說，只是笑笑，然後將手中的傘遞給她，便上車駕車離開去了。

△尋晴愁愴地目送家男驅車離去，消失在雨絲之中。

※　※　※

△小會議室，家男與尋晴正在進行訪談。尋晴展現專業，邊說話邊以電腦打字記錄談話內容。

△尋晴的臉色有些不好，家男發現了，停下所有的談話。

尋晴：（愕然）怎麼了查總，為什麼不說了？

家男：妳臉色不太好。

尋晴：喔，沒什麼。

家男：身體哪裡不舒服？

△尋晴不說，只低頭盯著電腦的鍵盤瞧。

△家男起身。

家男：走吧，帶妳去看醫生。

尋晴：（驚訝）真的不用，應該是這幾天趕論文，壓力大胃有點不太舒服。

△家男轉身離開，尋晴愕然。

△一會兒以後，家男取來一排胃藥與一杯白開水遞在桌案上。

家男：我辦公室會放一點常備藥，偶爾不舒服可以服用。妳吃一顆吧。

尋晴：喔，謝謝查總。

△尋晴取出一顆胃藥，配著白開水仰首吞下去。

家男：妳早點回家休息，今天的訪談就到這裡。

△家男離去，尋晴反應。

◎○◎

自那夜親吻事件發生以後，家男與尋晴之間的氣氛總是有些彆扭不自在。他有些在意，心裡總覺得硌硌得過不去。仔細地觀察著她，但見她情緒毫無波瀾，沒有任何表情，他反倒更不知道該怎麼辦才好。他對女人，從來沒有過這種綁手綁腳令人窒息的感覺。他見識過各式各樣、各種風情的女人，再難應付的，他也能輕輕鬆鬆地四兩撥千金，唯獨對於尋晴這樣毫無反應看不出情緒與想法的女人，他反倒有些不知所措，無法應對。

理了理思緒，仍無結論。是以最後他所能做的，就是在小事上給予一點點貼心。因此依然不變的是，帶杯飲品或者是小點心給她，或可試試她的態度亦未可知。至少他清楚地知道，對待她的方式，絕對不能和其他女人一樣，適時給予溫暖卻毫不給予任何壓力，或許尚能維持彼此間的一點點自在。

是日，小會議室，尋晴正在寫稿，家男則為她帶來一杯紙杯裝咖啡還有一個三明治。午休時間，他為她帶來一個盒飯，然後靜靜地離去。

下雨天，她在騎樓底下避雨。他驅車經過時不意看見，因此下車打了把傘走向她。

「要回家嗎？雨這麼大，上車吧，我送妳。」

她卻客套起來，「不麻煩查總了，不太順路。」

他明白她的客套其實是在拉遠彼此的距離，也不以為意，只說道：「就算不順路，開車繞一下，不耽誤多少時間的。」

她覥笑了一下，搖頭。「沒關係，反正我不趕時間。」

S：60　　　景：晚萩宅客廳
時：夜　　　人：尋晴、晚萩

△鏡頭從屋外景致，緩緩地拉往室內。

△尋晴在窗臺前的椅子猷坐著，看向窗外景致。

△晚萩端來兩杯茶，坐在尋晴身邊，其中一杯遞給她，她接過。另一杯則是給自己。

晚萩：（歎）很意外，他會在這些小事上用心。看來他應該挺喜歡妳。

尋晴：是嗎？

晚萩：他那樣的男人，沒必要為女人做這些事。

尋晴：或許令人感動，但我難過的是，因為他，我莫名成為他人情感的第三者。雖然我們什麼也沒有發生，但真正「有重量」的發生，早已落在了心裡。

晚萩：妳的意思是？

尋晴：那天晚萩姐說對了。是，我確實有點心動，正因如此我覺得很懊惱。

晚萩：尋晴，不是妳的錯。像家男這樣家世好、學歷高、有能力有才華，俊逸瀟灑有魅力的男人，年輕女孩喜歡他是再正常不過的事情。

△尋晴啜了兩口茶湯，輕歎一口氣。

尋晴：晚萩姐，如果是妳，妳會愛上而且接受這樣的男人嗎？

△晚萩微笑，將雙腿縮上來盤著，然後注視著尋晴。

晚萩：少女時期，肯定會，但現在……

△晚萩笑著搖頭。

尋晴：什麼原因？

晚萩：家男慣於典藏女人的個性，應該很難改變，除非人生有什麼

他不再多說，只是笑笑，然後將手中的傘遞給她，便上車駕車離開去了。
她愁愴地目送著他驅車離去，消失在雨絲之中。

※　※　※

小會議室，家男與尋晴正在進行訪談。尋晴展現專業，邊說話邊以電腦打字記錄談話內容。
訪談過程中，她的臉色有些不好，他發現了，停下所有的談話。
她有些愕然，「怎麼了查總，為什麼不說了？」
「妳臉色不太好。」
「喔，沒什麼。」
「身體哪裡不舒服？」
她沒說什麼，只低頭盯著電腦的鍵盤瞧。
於是他起身，「走吧，帶妳去看醫生。」
她有些驚訝，「真的不用，應該是這幾天趕論文，壓力大胃有點不太舒服。」
聞言，他起身並轉身離開。
見狀，她十分愕然，卻又有些不知所措。
一會兒以後，他取來一排胃藥與一杯白開水遞在桌案上。「我辦公室會放一點常備藥，偶爾不舒服的時候可以服用。妳吃一顆吧。」

重大轉變。我沒必要受這委屈。

△晚萩起身，至書架取出一本書，翻到某一頁然後遞給尋晴。

△尋晴不解地接過那本書，狐疑地看向晚萩。

晚萩：這是我以前所寫的一本書，妳看楷體字的部分。

尋晴：（唸讀）妳寧可愛上王子，接受他所賜予的錦衣玉食，妳的心靈卻是貧瘠，而必須忍受他所有一切，在他面前當一個卑微的婢女；還是和一個真心真意愛妳的男人在一起，讓他將妳當是珍寶一樣，捧在手掌心裡頭呵護？

晚萩：這問題我問讀者，現在換問妳了。

尋晴：（失笑）青春年華，誰沒愛過幾個臭渣子？

晚萩：所以說，「渣男」雖是這世界的禍害，但唯一的貢獻是，他們將傻女孩教養成為成熟獨立果敢又瀟灑的模樣。

尋晴：晚萩姐……是不是也曾遇見過渣男？

晚萩：（笑點頭）如妳所言，青春年華，誰沒愛過幾個臭渣子。

尋晴：那，妳是怎麼抒發情緒與情感的呢？

晚萩：寫作抒發宣洩自己呀。我的現實世界裡，我是主角；但在故事世界裡，我晉升成為人物們的神。這些人物，其實都是部分的我；每一個部分的我，都在某些人物身上。

△尋晴反應。

△鏡頭由尋晴與晚萩處，朝窗外的景致拉去。

| | |
|---|---|
| S：61 | 景：總經理辦公室 |
| 時：日 | 人：尋晴、家男 |

△SE敲門聲，引起家男的注意。

△家男停下操作滑鼠的動作，看向辦公室大門。

家男：請進。

「喔，謝謝查總。」她取出一顆胃藥，配著白開水仰首吞下去。

「妳早點回家休息，今天的訪談就到這裡。」語畢，他離去。

尋晴的心，有些動容。

◎○◎

尋晴在窗臺前的椅子獃坐著，看向窗外景致。

晚萩端來兩杯茶，坐在尋晴身邊，其中一杯遞給她，她接過。另一杯則是給自己。

晚萩歎息地笑著，「很意外，他會在這些小事上用心。看來他應該挺喜歡妳。」

「是嗎？」

「他那樣的男人，沒必要為女人做這些事。」

「或許令人感動，但我難過的是，因為他，我莫名成為他人情感的第三者。雖然我們什麼也沒有發生，但真正『有重量』的發生，早已落在了心裡。」

「妳的意思是？」

「那天晚萩姐說對了。是，我確實有點心動，正因如此我覺得很懊惱。」

「尋晴，不是妳的錯。像家男這樣家世好、學歷高、有能力有才華，俊逸瀟灑有魅力的男人，年輕女孩喜歡他是再正常不過的事情。」

尋晴啜了兩口茶湯，輕歎一口氣。「晚萩姐，如果是妳，妳會愛上而且接受這樣的男人嗎？」

晚萩微笑，將雙腿縮上來盤著，然後注視著尋晴。「少女時期，肯定會，但現在……」她笑著

△尋晴的雙手背在身後，尷尬地入鏡，小心翼翼地來到家男面前。

家男：怎麼了，有什麼問題？

尋晴：沒有，我其實是來向查總報告工作進度的。

家男：要不要拉張椅子過來坐下？

尋晴：不用了，我站著就行。

△家男頷首，等待著她的報告。

尋晴：要謝謝查總給我這個機會，可以親自採訪，為您寫書。這將近一個月的相處，我學到很多。

家男：也謝謝妳，一直很細心專業地與我討論這本書的方向與內容。

尋晴：現在所有採訪已經完成，稿子也寫了一半。雖然還差幾天才滿一個月，但我想說後續修稿校稿的部分可以在家完成，所以是不是就到今天？

家男：（笑）好，就到今天。

尋晴：稿子如果全數完成，校好之後，會寄一份給您過目。如果到時有問題，我還是可以過來和您討論。

家男：好。

尋晴：另外，（將背後的傘遞出）這把傘，還給查總。謝謝您那天借傘給我。

△家男見到傘，有些愕然，旋釋懷微笑地接過自己的雨傘。

尋晴：那，就先這樣了。

△尋晴頷首致意，而後轉身欲離。

家男：等等。

△尋晴轉身回眸，看向家男。

△家男彎下身子，提起放在腳邊的一個紙袋，走到尋晴面前遞給她。

家男：預感妳會提前離開，事先買了幾本書，是文學理論跟戲劇理

搖頭。

「什麼原因？」

「家男慣於典藏女人的個性，應該很難改變，除非人生有什麼重大轉變。我沒必要受這委屈。」晚萩起身，至書架取出一本書，翻到某一頁然後遞予尋晴。

尋晴不解地接過那本書，狐疑地看向晚萩。

「這是我以前所寫的一本書，妳看楷體字的部分。」

尋晴低下頭來，唸讀書本上的內容。「妳寧可愛上王子，接受他所賜予的錦衣玉食，妳的心靈卻是貧瘠，而必須忍受他所有一切，在他面前當一個卑微的婢女；還是和一個真心真意愛妳的男人在一起，讓他將妳當是珍寶一樣，捧在手掌心裡頭呵護？」

「這問題我問讀者，現在換問妳了。」

尋晴失笑，「青春年華，誰沒愛過幾個臭渣子？」

「所以說，『渣男』雖是這世界的禍害，但唯一的貢獻是，他們將傻女孩教養成為成熟獨立果敢又瀟灑的模樣。」

「晚萩姐……是不是也曾遇見過渣男？」

晚萩笑點頭，「如妳所言，青春年華，誰沒愛過幾個臭渣子。」

「那，妳是怎麼抒發情緒與情感的呢？」

「寫作抒發宣洩自己呀。我的現實世界裡，我是主角；但在故事世界裡，我晉升成為人物們的神。這些人物，其實都是部分的我；每一個部分的我，都在某些人物身上。」

論的學術用書，送給妳。

△尋晴接過，同時，家男握住她的手，緊了緊然後鬆開。

△尋晴朝家男頷首，不太敢注視他的雙眼，只輕輕一笑，然後離去。

△家男落寞反應。

| | |
|---|---|
| S：62 | 景：尋晴房 |
| 時：夜 | 人：尋晴 |

△鏡頭從幾本學術用書拉開，帶到尋晴翻閱的手，最後則是定格在她臉上。

△尋晴坐在床舖上，有著些微眷戀地注視並撫觸著這幾本書。

△尋晴放下書本，起身走到一旁的筆電，點入Youtube資料夾，以滑鼠點播了西洋歌曲。

△尋晴站在窗臺前，望向窗外，貪婪地向陽。

尋晴：（OS）人生沒有圓滿，愛情也一樣。必須接受所有殘缺或者是遺憾，然後才能繼續地往前走。我還在學習與成長，希望能夠變成更好的人。

△尋晴在房裡頭寫稿、喝咖啡、閱讀、講電話、看影片、聽音樂、澆花、窗臺曬太陽、睡眠等片段。

△以上畫面搭以下Monique Bingham的西洋歌曲〈Take me to my love〉不停迴盪的歌聲。

Take me to my love
I've been waiting on him long enough
Got my hand out to him
Lead me to the place where
No one can erase that we were there

尋晴若有所思地注視著晚萩。

◎○◎

家男正在辦公，一陣敲門聲響起，引起他的注意。

他停下操作滑鼠的動作，看向辦公室大門。「請進。」

尋晴的雙手背在身後，尷尬地入內，小心翼翼地來到他面前。

「怎麼了，有什麼問題？」

「沒有，我其實是來向查總報告工作進度的。」

「要不要拉張椅子過來坐下？」

「不用了，我站著就行。」

他頷首，等待著她的報告。

「要謝謝查總給我這個機會，可以親自採訪，為您寫書。這將近一個月的相處，我學到很多。」

「也謝謝妳，一直很細心專業地與我討論這本書的方向與內容。」

「現在所有採訪已經完成，稿子也寫了一半。雖然還差幾天才滿一個月，但我想說後續修稿校稿的部分可以在家完成，所以是不是就到今天？」

他笑了笑，「好，就到今天。」其實心裡有些難受，只是勉強大方。

「稿子如果全數完成，校好之後，會寄一份給您過目。如果到時有問題，我還是可以過來和您討論。」

Let me at my love

Set me loose and I'll go over and above

I can prove it baby

Grown enough to know now

What you really want and why and how so

△歌聲漸隱。

| | |
|---|---|
| S：63 | 景：古典書房 |
| 時：昏 | 人：晚萩 |

△Fade in.

△黑白畫面處理，晚萩身著旗袍正在一扇古典綺窗前，倚窗遠望。

△晚萩主觀視線，見園子裡百花盛開花團錦簇，蝶蜂飛舞。

△晚萩於一張古案前懸臂提筆寫書法，停下動作往一旁望去，透過窗紙見樹枝似隨風搖曳晃動。

△另一隅的桌案上燃有檀香，輕煙如蛇身一般自爐中散開，嬝嬝升騰。

△晚萩再度行至窗前開窗，只見枝椏輕顫空無一人，她著實愴然不已。

△以上畫面，搭以下晚萩OS呈現。

晚萩：（OS）有沒有過戲假情真的過往？明知道眼前的一切都不是真的，但你還是投注了真情，義無反顧似的。在婚姻的劇碼裡，淡而無味、無波無瀾，令你失去了興致。你的心開始渴望走私，渴望出走。這究竟是出於無奈，抑或是原始的慾望在擂擊著你的心口，令你無法不聽也不看呢？

△畫面全黑。

「好。」

「另外，」她靦覥地將背後的傘給遞出來，「這把傘，還給查總。謝謝您那天借傘給我。」

他見到她手中的傘時，有些愕然，但仍釋懷微笑地接過自己的雨傘。

「那，就先這樣了。」她頷首致意，而後轉身欲離。

「等等。」他喊了一聲。

她轉身回眸，看向他。

他彎下身子，提起放在腳邊的一個紙袋，走到尋晴面前遞給她。「預感妳會提前離開，事先買了幾本書，是文學理論跟戲劇理論的學術用書，送給妳。」

她接過。在接過紙袋的同時，他握住她的手，緊了緊然後鬆開。

她朝他頷首，不太敢注視他的雙眼，只輕輕一笑，然後離去。

見她離去的背影，他一臉落寞反應。

◎○◎

尋晴注視著手裡幾本學術用書，然後輕輕地翻閱，如同寶貝一樣地珍視。

她坐在床鋪上，有著些微眷戀地注視並撫觸著這幾本書。她放下書本，起身走到一旁的筆電，點入Youtube資料夾，以滑鼠點播了西洋歌曲。

她站在窗臺前，望向窗外，貪婪地向陽。心裡想道：「人生沒有圓滿，愛情也一樣。必須接受所有殘缺或者是遺憾，然後才能繼續地往前走。我還在學習與成長，希望能夠變成更好的人。」

△上字幕：「心頭吹不散的人影」。

△Fade out.

此時，音箱正傳來Monique Bingham所主唱的西洋歌曲〈Take me to my love〉，她的歌聲不停地迴盪。

Take me to my love
I've been waiting on him long enough
Got my hand out to him
Lead me to the place where
No one can erase that we were there
Let me at my love
Set me loose and I'll go over and above
I can prove it baby
Grown enough to know now
What you really want and why and how so

◎〇◎

一古典書房內部裝潢與擺設皆十分質樸雅緻，晚萩身著旗袍正在一扇典麗綺窗前，倚窗遠望，似是在讀一個遠方的故事。她見園子裡百花盛開，花團錦簇，蝶蜂飛舞，柳劃湖水。

回到座位上，她坐於一張古案前懸臂提筆寫書法，停下動作往一旁望去，透過窗紙見樹枝似隨風搖曳浮動。

另一隅的桌案上燃有檀香，輕煙如蛇身一般自爐中散開，嬝嬝升騰。

她再度行至窗前開窗，只見枝椏輕顫空無一人，著實愴然不已，不禁心裡想道：「有沒有過戲假情真的過往？明知道眼前的一切都不是真的，但你還是投注了真情，義無反顧似的。在婚姻的劇碼裡，淡而無味、無波無瀾，令你失去了興致。你的心開始渴望走私，渴望出走。這究竟是出於無奈，抑或是原始的慾望在擂擊著你的心口，令你無法不聽也不看呢？」

# 第3話｜心頭吹不散的人影

家男與友人正在談事情，面前各置放了一杯咖啡與點心。另一隅，尋晴和于士坐於另外的桌位，正邊吃邊聊。

家男與友人起身正要離去，一邊走一邊笑談。家男欲買單時，遠遠地看見尋晴和于士正在說話，有些不解。他心裡想道：「為什麼尋晴會跟小艾的老公在這裡？」

友人發現家男似乎在看些什麼，有點好奇反應。「怎麼了，是認識的人嗎？」

家男掩飾，「沒有，認錯了。」他自皮夾取出信用卡買單，櫃臺小姐處理完後將卡與簽帳單交予他。

家男與朋友就要離去，離開以前他看了尋晴一眼，然後才與友人相偕往外走。

座位上的尋晴和于士，仍一邊吃著點心一邊閒聊。

「真可惜小艾今天沒來，她那麼喜歡吃甜點。」

「妳們很久沒見了，本來很高興陪她一起來，沒想到我岳母忽然掛急診把她叫回娘家去。不好意思啊。」

「沒關係啦，媽媽比較重要，我們下回再見面也可以。」

「今天小艾雖然沒來，但說好我請客喔，順便帶點甜點回去給她吃。」

「一定要的啊，你可要好好疼惜我們家小艾喔。」

「那當然，我哪敢不疼她？不疼的話妳們這些閨蜜還能饒了我嘛？」

她笑，「知道就好。」

「說真的尋晴，妳都33了，還要繼續一個人嗎？」

| | |
|---|---|
| S：64 | 景：咖啡館 |
| 時：夜 | 人：尋晴、家男、于士、友人 |

△家男與友人正在談事情，面前各置放了一杯咖啡與點心。

△鏡跳另一隅，尋晴和于士坐於另外的桌位，正邊吃邊聊。

△家男與友人起身正要離去，一邊走一邊笑談。家男欲買單時，遠遠地看見尋晴和于士正在說話，有些不解。

家男：（OS）為什麼尋晴會跟小艾的老公在這裡？

△友人發現家男似乎在看些什麼，有點好奇反應。

友人：怎麼了，是認識的人嗎？

家男：（掩飾）沒有，認錯了。

△家男自皮夾取出信用卡買單，櫃臺小姐處理完後將卡與簽帳單交了他。

△家男與朋友就要離去，離開以前他看了尋晴一眼，然後才與友人相偕往外走。

△鏡跳尋晴和于士，仍一邊吃著點心一邊閒聊。

尋晴：真可惜小艾今天沒來，她那麼喜歡吃甜點。

于士：妳們很久沒見了，本來很高興陪她一起來，沒想到我岳母忽然掛急診把她叫回娘家去。不好意思啊。

尋晴：沒關係啦，媽媽比較重要，我們下回再見面也可以。

于士：今天小艾雖然沒來，但說好我請客喔，順便帶點甜點回去給她吃。

尋晴：一定要的啊，你可要好好疼惜我們家小艾喔。

于士：那當然，我哪敢不疼她？不疼的話妳們這些閨蜜還能饒了我嘛？

尋晴：（笑）知道就好。

于士：說真的尋晴，妳都33了，還要繼續一個人嗎？

「對的人可遇不可求，好男人不是還沒出生，就是別人的老公了。」

「咦，所以我也算是好男人囉？」

她沒有心眼，玩笑地說道：「是呀，你都已經是我們家小艾的Honey，」她裝哭，「我一點機會也沒有了……」笑說完，她仍繼續沉溺於美食，像個天真的小女孩。

他卻是眼裡閃著光芒，注視著她。

◎○◎

尋晴正在房裡桌案的筆電前寫作，邊寫邊喝咖啡。

手機鈴聲響起，尋晴停下動作一看，螢幕顯示來電者是「鍾于士」。她接起了電話回應。

「喂……」

「尋晴，我是于士。」他在辦公室，給她打了電話。

「怎麼這個時候打電話給我？」

「有個寫書的case，不知道妳想不想接？」

「但我手上查家男的案子還沒做完啊。」

「不急，我們可以先聊一下。」

「是什麼性質的案子，個人傳記還是……」

「妳有沒有空，找個時間當面聊比較清楚。」

「明天中午可以嗎？」

尋晴：對的人可遇不可求，好男人不是還沒出生，就是別人的老公了。

于士：咦，所以我也算是好男人囉？

尋晴：（玩笑）是呀，你都已經是我們家小艾的Honey，（裝哭）我一點機會也沒有了……

△笑說完，尋晴繼續沉溺於美食，像個天真的小女孩。

△于士卻是眼裡閃著光芒，注視著她。

| | |
|---|---|
| S：65 | 景：尋晴房／辦公室 |
| 時：日 | 人：尋晴／于士 |

△尋晴正在筆電前寫作，邊寫邊喝咖啡。

△SE手機鈴聲，尋晴停下動作一看，特寫螢幕顯示來電者是「鍾于士」。

△尋晴接起電話，以下兩景對剪。

尋晴：喂……

于士：尋晴，我是于士。

尋晴：怎麼這個時候打電話給我？

于士：有個寫書的case，不知道妳想不想接？

尋晴：但我手上查家男的案子還沒做完啊。

于士：不急，我們可以先聊一下。

尋晴：是什麼性質的案子，個人傳紀還是……

于士：妳有沒有空，找個時間當面聊比較清楚。

尋晴：明天中午可以嗎？

翌日午後。

茶館裡，于士喝了兩口茶以後放下杯來，注視著尋晴。「我的朋友所開的，是一家芋頭酥專賣店，創店之初其實歷經了很多艱辛的過程，他咬緊牙關挺了過來，才有今天小小的成果。」

「所以，他是想要寫一本創業實錄之類的書？」

他頷首，「沒錯。」

「嗯，這倒不難，這類書籍以前也有人做過。但不見得一定賣得好，主要是看企業知名度夠不夠。」

「沒關係，我朋友不在意銷量，主要是將這本書當是名片，有點自我行銷的意味。」

聞言，她有些訝異。「哇，那他印製這張名片所費不貲喔。」

他笑，「就十幾萬印製費用嘛，然後再加上妳的稿酬。他現在承擔得起啦。」

「如果要做，等查家男的案子完成就可以直接進行了。什麼時候找你朋友出來聊一下想法？」

「可以呀，我問他時間，再跟妳說。」

咖啡館，尋晴坐在某桌位面前等待。

于士匆匆地入內，來到她面前拉開了椅子。「抱歉來晚了，等很久了嗎？」

「還好。」

他坐下，並且放下包包，抬眼問道：「妳點餐了沒有？」

| | |
|---|---|
| S：66 | 景：紫藤廬茶館 |
| 時：日 | 人：尋晴、于士、環境人物 |

△于士喝了兩口茶以後放下杯來，注視著尋晴。

于士：我的朋友所開的，是一家芋頭酥專賣店，創店之初其實歷經了很多艱辛的過程，他咬緊牙關挺了過來，才有今天的成果。

尋晴：所以，他是想要寫一本創業實錄之類的書？

于士：（頷首）沒錯。

尋晴：嗯，這倒不難，這類書籍以前也有人做過。但不見得一定賣得好，主要是看企業知名度夠不夠。

于士：沒關係，我朋友不在意銷量，主要是將這本書當是名片，有點自我行銷的意味。

尋晴：（訝異）哇，那他印製這張名片所費不貲喔。

于士：（笑）就十幾萬印製費用嘛，然後再加上妳的稿酬。他現在承擔得起啦。

尋晴：如果要做，等查家男的案子完成就可以直接進行了。什麼時候找你朋友出來聊一下想法？

于士：可以呀，我問他時間，再跟妳說。

| | |
|---|---|
| S：67 | 景：福里安花神咖啡館 |
| 時：日 | 人：尋晴、于士、服務生、環境人物 |

△尋晴坐在某桌位面前等待。

△于士匆匆地入鏡，來到她面前拉開椅子。

于士：抱歉來晚了，等很久了嗎？

尋晴：還好。

于士：（坐下）妳點餐了沒有？

「還沒，想說人齊了再點。對了，你朋友呢？」
「不好意思，他臨時有個會議要開，沒辦法過來了。」
「這樣啊？那，只能跟你一起用餐了。」
他瞅著她，蓄意地說道：「如果妳有事也可以先走，我一個人吃午餐無妨。」
「這時間是為你朋友空下來的，哪還有什麼事呀？」
他故做輕鬆地一笑，手一揮，服務生隨即上前送來Menu。
他對服務生說道：「我們先看一下，決定了再點。」
「好喔，沒問題。」服務生頷首，轉身離開。
「那我們先點餐吧，為了補償妳，今天還是我請客。」
「那，讓你破費了。」
「還好啦，小錢。一會兒餐後可以點一份冰淇淋跟其他甜點。」
她搖頭，「又不是頭一天認識，不知道我一直很控制甜食的攝取量嗎？」
他歉然地笑道：「差點忘了，Sorry。」
她努努嘴，翻閱Menu，開始認真地選擇餐點。
他注視著她，低頭微笑。

※　※　※

尋晴：還沒，想說人齊了再點。對了，你朋友呢？
于士：不好意思，他臨時有個會議要開，沒辦法過來了。
尋晴：這樣啊？那，只能跟你一起用餐了。
于士：（故意）如果妳有事也可以先走，我一個人吃午餐無妨。
尋晴：這時間是為你朋友空下來的，哪還有什麼事呀？

△于士故做輕鬆地一笑，手一揮，服務生上前送來Menu。

于士：（對服務生）我們先看一下，決定了再點。
服務生：好喔，沒問題。

△服務生頷首，轉身離開。

于士：那我們先點餐吧，為了補償妳，今天還是我請客。
尋晴：那，讓你破費了。
于士：還好啦，小錢。一會兒餐後可以點一份冰淇淋跟其他甜點。
尋晴：（搖頭）又不是頭一天認識，不知道我一直很控制甜食的攝取量嗎？
于士：（歉然笑）Sorry。

△尋晴翻閱Menu，認真地選擇餐點。

△于士注視著她，低頭微笑。

△Fade out.

※　※　※

△Fade in.

△相同的場景，不同的桌位，尋晴和于士臨窗相對而坐。

△尋晴有些無奈，不解地看向于士。

尋晴：你都跟你朋友約了幾次，可他一直沒空。他真想做這案子嗎？
于士：想呀，但人家是老闆，事情很多……
尋晴：那就等他真的可以騰出時間再約好了。

嗎？」

相同的場景，不同的桌位，尋晴和于士臨窗相對而坐。

尋晴有些無奈，不解地看向于士。「你都跟你朋友約了幾次，可他一直沒空。他真想做這案子

「想呀，但人家是老闆，事情很多……」

「那就等他真的可以騰出時間再約好了。」

「尋晴，妳……生氣了？」

「不是生氣。要不要做這案子都在於你朋友，我完全尊重。可是這樣時不時約了吃飯又爽約，我不太相信這樣的人能幹出什麼大事業來。」

他尷尬地笑笑，急欲轉移話題，於是取菜單遞給她。「好啦，代他向妳致歉好嗎？今天想吃什麼我請客。」

她接過菜單，開始翻看，但情緒依然難平。她覺得奇怪，若有所思反應，稍後抬起眼來看向他。「老實告訴我，是不是你在耍什麼花招？」

他心虛地笑了笑，「為什麼要耍花招？」

「問你呀，你在做什麼？」

他注視著她，不說話。隨後，他心虛得低下頭來。

她覺得不對勁，闔上菜單不點餐了，正色。「你說話呀！」

他看向窗外，撓撓脖子，沉吟了一會兒以後才看向她。「我其實只是，想找個人說說話。」

她不解，「所以你繞了這麼大一圈，只是為了讓我陪你說話？」

于士：尋晴，妳……生氣了？

尋晴：不是生氣。要不要做這案子都在於你朋友，我完全尊重。可是這樣時不時約了吃飯又爽約，我不太相信這樣的人能幹出什麼大事業來。

△于士尷尬地笑笑，急欲轉移話題，取菜單遞給尋晴。

于士：好啦，代他向妳致歉好嗎？今天想吃什麼我請客。

△尋晴接過菜單，開始翻看，但情緒依然難平。她覺得奇怪，若有所思，然後抬起眼來看向于士。

尋晴：老實告訴我，是不是你在耍什麼花招？

于士：（心虛笑）為什麼要耍花招？

尋晴：問你呀，你在做什麼？

△于士注視著尋晴，不說話。隨後，他心虛得低下頭來。

△尋晴覺得不對勁，闔上菜單不點餐了，正色。

尋晴：你說話呀！

△于士看向窗外，撓撓脖子，沉吟了一會兒以後才看向尋晴。

于士：我其實只是，想找個人說說話。

尋晴：（不解）所以你繞了這麼大一圈，只是為了讓我陪你說話？

于士：念大學的時候，我們不是無話不說的嗎？

尋晴：是，但那時候我們是同窗，現在你是我閨蜜的老公。

于士：所以結了婚，就不能是好朋友嗎？

尋晴：當然可以，但不是像現在這樣，那麼頻繁單獨見面。

△于士憂鬱地望向窗外，暗歎，閉上雙眼然後再睜開，看向尋晴。

于士：知道嗎？有時夫妻之間，就是沒辦法像好朋友那樣，什麼話都可以聊。

尋晴：（不可思議）所以呢？你們是不是發生了什麼事情？

于士：沒有，小艾很好，是很稱職的人妻與人母，無可挑剔。

「念大學的時候，我們不是無話不說的嗎？」
「是，但那時候我們是同窗，現在你是我閨蜜的老公。」
「所以結了婚，就不能是好朋友嗎？」
「當然可以，但不是像現在這樣，那麼頻繁單獨見面。」
他憂鬱地望向窗外，暗歎，閉上雙眼然後再睜開，看向她。「知道嗎？有時夫妻之間，就是沒辦法像好朋友那樣，什麼話都可以聊。」
聞言，她一臉不可思議反應。「所以呢？你們是不是發生了什麼事情？」
「沒有，小艾很好，是很稱職的人妻與人母，無可挑剔。」
「很好啊，那為什麼還需要找我陪你說話？」
「妳沒結婚不懂。婚姻，就是每天柴米油鹽跟小孩，平淡無奇，毫無波瀾，覺得自己在圍牆裡，好像愈來愈失去自己。」
「婚姻的本質，本來就是過日子啊。」
「我並非想離棄家庭，我愛我的家、也愛孩子，我被照顧得很好很安心。我只是想擁有一點自己的空間，有個紅粉知己能夠陪伴我。」
「所以，你希望我怎麼『陪伴你』？」
「我們可以常約出來一起用餐，或如果我跟客戶有飯局就帶妳一起。」
她失笑，「聽起來像是免費的舞小姐，免費的最好用。」
「為什麼說得這麼難聽，我怎可能這樣對妳？難道妳不清楚，大學時期我曾喜歡過妳？是妳眼

尋晴：很好啊，那為什麼還需要找我陪你說話？

于士：妳沒結婚不懂。婚姻，就是每天柴米油鹽跟小孩，平淡無奇，毫無波瀾，覺得自己在圍牆裡，好像愈來愈失去自己。

尋晴：婚姻的本質，本來就是過日子啊。

于士：我並非想離棄家庭，我愛我的家、也愛孩子，我被照顧得很好很安心。我只是想擁有一點自己的空間，有個紅粉知己能夠陪伴我。

尋晴：所以，你希望我怎麼「陪伴你」？

于士：我們可以常約出來一起用餐，或如果我跟客戶有飯局就帶妳一起。

尋晴：（失笑）聽起來像是免費的舞小姐，免費的最好用。

于士：為什麼說得這麼難聽，我怎可能這樣對妳？難道妳不清楚，大學時期我曾喜歡過妳？是妳眼裡一直沒有我。

尋晴：所以，在守住律法底線的狀態下，要跟我談柏拉圖式的愛情？

于士：如果妳願意，有何不可？

尋晴：那你想過小艾若知道……

于士：（搶白）我不會讓她知道的，她依然是幸福人妻。

尋晴：你確定能做到不貪婪，不會想要肉體關係？

△于士被問倒了，說不出話來。

△尋晴受不了，暗歎一口氣，拎著包包起身離開去了。

| | |
|---|---|
| S：68 | 景：艾宅客廳 |
| 時：日 | 人：尋晴、艾母 |

△客廳主觀鏡頭，尋晴回到家打開大門入鏡。

△艾母正在收拾沙發，見女兒回來有些詫異。

艾母：不是跟于士出去談事情嗎，這麼快就回來？

裡一直沒有我。」
「所以，在守住律法底線的狀態下，要跟我談柏拉圖式的愛情？」
「如果妳願意，有何不可？」
「那你想過小艾若知道……」
他搶白，「我不會讓她知道的，她依然是幸福人妻。」
「你確定能做到不貪婪，不會想要肉體關係？」
他被問倒了，說不出話來。
她受不了，暗歎一口氣，拎著包包起身離開去了。

尋晴回到家打開大門入內。
艾母正在收拾沙發，見女兒回來有些詫異。「不是跟于士出去談事情嗎，這麼快就回來？」
「以後不會跟他談事情了。」尋晴肅著一張臉，就要進房去。
「妳呀，那麼大一個人了，賴在家裡不交男朋友，也不結婚，老爸老媽沒辦法照顧妳一輩子。妳看看小艾跟于士，孩子都兩個了。」
她有些不耐煩，「媽，可不可以不要對我叨唸這些？」語畢，她不再多說，回房去。
艾母有些莫名奇妙地瞅著她的背影。

尋晴打開房門，走進房去。

尋晴：以後不會跟他談事情了。

△尋晴肅著一張臉，就要進房去。

艾母：妳呀，那麼大一個人了，賴在家裡不交男朋友，也不結婚，老爸老媽沒辦法照顧妳一輩子。妳看看小艾跟于士，孩子都兩個了。

尋晴：（煩）媽，可不可以不要對我叨唸這些？

△尋晴不再多說，回房去。

△艾母反應。

| | |
|---|---|
| S：69 | 景：尋晴房 |
| 時：日 | 人：尋晴 |

△尋晴打開房門，走進房去。

△尋晴將包包丟在床鋪上，也將自己摔躺進去。

△尋晴長長地歎了口氣，對於發生在自己身上的一切感到不解。

| | |
|---|---|
| S：70 | 景：艾宅客廳／于士宅主臥 |
| 時：夜 | 人：尋晴／于士、小艾 |

△尋晴著休閒服，一頭亂髮從房裡走出來，進了廚房，一會兒端了一份點心走回客廳，然後坐在沙發上津津有味地吃起來。

△SE訊息提示音，尋晴聽見，從口袋裡掏出手機一看，是于士的來訊。

△尋晴點閱Line的訊息，主觀鏡頭特寫訊息內容，同時疊入她讀訊息的各個角度與各種神情反應的畫面。搭于士OS呈現。

她將包包丟在床鋪上，也將自己摔躺進去。她長長地歎了口氣，對於發生在自己身上的一切感到十分不解。

◎◎◎

夜深了，尋晴著休閒服，一頭亂髮從房裡走出來，進了廚房，一會兒端了一份點心走回客廳，然後坐在沙發上津津有味地吃起來。一聲手機的訊息提示音響起，尋晴聽見，從口袋裡掏出手機一看，是于士的來訊。她點擊Line的訊息，閱讀。

「那天，妳對我說『你都已經是我們家小艾的Honey，我一點機會也沒有』。幾番掙扎，我心動了。不清楚妳所言究竟幾分真實。明白寂寞會為人們帶來幻想，令自己迷失，然後掉進旋渦裡。『風吹亂窗紙上的松痕，吹不散我心頭的人影』。我亂了！是渴望，是原始欲望作祟，又或是追求刺激的天性？妳的宣言令人動搖，我感到惶恐卻又充滿期待。」

讀完訊息尋晴哭笑不得，她憋著不敢笑出聲，深怕深夜擾人。

這廂于士宅的主臥房裡，小艾躺在床上背對著于士早已入睡。

于士半躺半坐在床鋪的另一側，看著熟睡的妻子，暗歎。他取來一旁的手機，打開Line看了，只見尋晴的訊息視窗顯示「已讀」，卻毫無任何回應。他知道自己不該有所期盼，卻又忍不住地期盼起來。到底，自己在期待些什麼呢？是回溯與尋晴之間的那段青春；是真心想要一個紅粉知己；又或者其實根本是想要出軌？這是頭一次，他覺得很困惑，也感到很不瞭解自己。

于士：（OS）那天，妳對我說「你都已經是我們家小艾的Honey，我一點機會也沒有」。幾番掙扎，我心動了。不清楚妳所言究竟幾分真實。明白寂寞會為人們帶來幻想，令自己迷失，然後掉進旋渦裡。「風吹亂窗紙上的松痕，吹不散我心頭的人影」。我亂了！是渴望，是原始欲望作祟，又或是追求刺激的天性？妳的宣言令人動搖，我感到惶恐卻又充滿期待。

△讀完訊息尋晴哭笑不得，她憋著不敢笑出聲，深怕深夜擾人。

△鏡跳于士宅主臥，小艾躺在床上背對著于士早已入睡。

△于士半躺半坐在床上，看著熟睡的妻子，暗歎。

△于士取來一旁的手機，打開Line看了，主觀鏡頭特寫，只見尋晴的訊息視窗顯示「已讀」，卻毫無任何回應。

| | |
|---|---|
| S：71 | 景：晚萩宅客廳 |
| 時：日 | 人：尋晴、晚萩 |

△尋晴站在落地窗前，看著窗外的景致。

△晚萩走近，搭上尋晴的肩膀，拍拍她安慰她。

△尋晴轉過身來，注視著晚萩。

尋晴：只是想找一個與自己契合的人，結婚，兩人平凡過日子，不知道為什麼一直遇不見對的人。晚萩姐，我這是奢望嗎？

晚萩：也許對的人都會晚點到，那時妳已經變成更好的人，足以與他匹配。

尋晴：（茫然）真的會有那麼一天嗎？

晚萩：順著上帝的帶領，跟隨自己的心，不要問，問了就陷入我執了。

△尋晴歎了口氣，走開去。來到沙發處坐下。

◎◯◎

尋晴站在落地窗前，看著窗外的景致發獃。

晚萩走近，搭上尋晴的肩膀，拍拍她安慰她。

尋晴轉過身來，注視著晚萩。「只是想找一個與自己契合的人，結婚，兩人平凡過日子，不知道為什麼一直遇不見對的人。晚萩姐，我這是奢望嗎？」

「也許對的人都會晚點到，那時妳已經變成更好的人了，足以與他匹配。」

她感到有些茫然，「真的會有那麼一天嗎？」

「順著上帝的帶領，跟隨自己的心，不要問，問了就陷入我執了。」

尋晴歎了口氣，走開去。來到沙發處坐下。

晚萩端來兩杯茶，一杯給尋晴，另一杯則給自己。然後跟著坐下來。

「真的不懂，只守住律法底線，卻忽視道德底線的人夫所謂的柏拉圖式愛情，真能帶來幸福嗎？我的意思是，精神交流式的愛情本來是美好的、道德的，但人夫向外拓展的柏拉圖式愛情是道德的嗎？」

「尋晴，妳要記住，人性有缺陷，不可能完美。律法所規範的是外在行為；良心是約束自己；道德則是為了他人。層次愈高愈難達到，我不是為犯錯的人說話，只是要妳理解所謂的人性缺陷。」

「晚萩姐說得沒錯。只是，只求守住律法底線，卻掠過良心跟道德底線，這樣的愛情不是太狡猾了嗎？所以查家男不婚就可以典藏一堆女人，鍾于士只要不背棄家庭就是好老公？」

晚萩笑，「人生劇本遠比戲的劇本還要難以演出，沒有固定戲碼，所以……沒有標準答案。妳

△晚萩端來兩杯茶，一杯給尋晴，另一杯則給自己。然後坐下來。

尋晴：真的不懂，只守住律法底線，卻忽視道德底線的人夫所謂的柏拉圖式愛情，真能帶來幸福嗎？我的意思是，精神交流式的愛情本來是美好的、道德的，但人夫向外拓展的柏拉圖式愛情是道德的嗎？

晚萩：尋晴，妳要記住，人性有缺陷，不可能完美。律法所規範的是外在行為；良心是約束自己；道德則是為了他人。層次愈高愈難達到，我不是為犯錯的人說話，只是要妳理解所謂的人性缺陷。

尋晴：晚萩姐說得沒錯。只是，只求守住律法底線，卻掠過良心跟道德底線，這樣的愛情不是太狡猾了嗎？所以查家男不婚就可以典藏一堆女人，鍾于士只要不背棄家庭就是好老公？

晚萩：（笑）人生劇本遠比戲的劇本還要難以演出，沒有固定戲碼，所以……沒有標準答案。妳很自律，但不是每個人皆如是，（笑警告）小心這麼嚴以律己、嚴以待人，以後只怕會高處不勝寒。

△尋晴思索反應。

| | |
|---|---|
| S：72 | 景：辦公室 |
| 時：日 | 人：于士 |

△于士坐於辦公桌前，深思反應。

△于士掏出手機，主觀視線特寫，從螢幕桌面打開Line，手指滑了一下尋找聯絡人，點選「艾尋晴」的對話視窗進入，開始輸入訊息。

△訊息文字一個個地被輸進訊息列然後跳出來，搭以下于士

很自律，但不是每個人皆如是，」她笑警告，「小心這麼嚴以律己、嚴以待人，以後只怕會高處不勝寒。」

聞言，尋晴一臉沉靜，思索反應。

◎○◎

于士坐於辦公桌前，陷入深思。

于士掏出手機，注視著螢幕桌面，打開Line，手指滑了一下尋找聯絡人，點選「艾尋晴」的對話視窗進入，開始輸入訊息。

「尋晴，我不懂妳，只直覺妳心裡潛藏一個夢、一份情感、一種追求，或是期待善解妳意的伴侶。不知對妳的認知是否正確？如若令妳失望，我很抱歉。」

輸入訊息傳送以後，于士關掉Line，將手機放在桌案上，歎息。

發完訊息之後沒幾天，于士騰了個時間來到艾家。他按了門鈴，一會兒以後有人自對講機裡頭應聲。

「找誰？」

「艾媽媽，我是鍾于士。」

「找我們家尋晴是嗎？我幫你開門，先上樓來。啊？」

OS呈現。

于士：（OS）尋晴，我不懂妳，只直覺妳心裡潛藏一個夢、一份情感、一種追求，或是期待善解妳意的伴侶。不知對妳的認知是否正確？如若令妳失望，我很抱歉。

△輸入訊息傳送以後，于士關掉Line，將手機放在桌案上，歎息。

| | |
|---|---|
| S：73 | 景：艾宅樓下 |
| 時：日 | 人：于士、艾母（畫外音） |

△于士按門鈴，一會兒以後有人自對講機裡頭應聲。

艾母：（畫外音）找誰？

于士：艾媽媽，我是鍾于士。

艾母：（畫外音）找我們家尋晴是嗎？我幫你開門，先上樓來。啊？

| | |
|---|---|
| S：74 | 景：尋晴房 |
| 時：日 | 人：尋晴、于士 |

△尋晴不可思議又憤怒地別過臉去，看向站於一隅的于士。

尋晴：你居然來我家，究竟想要幹什麼？我媽知道了還得了？

于士：（沮喪）妳為什麼已讀不回？

尋晴：你要我回你什麼？「謝謝你青睞」、「我真是三生有幸」？

于士：（懊喪）我不是這意思，我只是⋯⋯

△于士也不知該如何表達，歎了口氣以後來到窗前望向窗外。

△尋晴在椅子上坐下，也歎息。稍後，她抬起眼來。

尋晴：對，那天我是對你說了「你是我們家小艾的Honey，我一點機會也沒有了」，但難道你不清楚我只是玩笑嗎？都這麼多年熟

尋晴不可思議又憤怒地別過臉去，看向于士。「你居然來我家，究竟想要幹什麼？我媽知道了還得了？」

他一臉沮喪反應，有點委屈地說道：「妳為什麼已讀不回？」

「你要我回你什麼？『謝謝你青睞』、『我真是三生有幸』」？

聞言，他懊喪。「我不是這意思，我只是……」他實不知該如何表達，歎了口氣以後來到窗前望向窗外。

她在椅子上坐下，也歎息。稍後，她復又抬起眼來。「對，那天我是對你說了『你是我們家小艾的Honey，我一點機會也沒有了』，但難道你不清楚我只是玩笑嗎？都這麼多年熟同學了，我對你有沒有那份心思，你不清楚嗎？」

聞言，他轉過頭來注視著尋晴，有些受傷心碎反應。

「如果說，我所說的那句話讓你有了誤會，」她站起身來，「我鄭重向你道歉，但我也想說，是你斷章取義。」

他愕然了好一會兒，才歉然地回道：「對不起。」

她無聲地歎了口氣，走向他。「我們是一輩子的好同學，正因如此我才跟你說實話。于士，知不知道你已經變成一根乾柴，我隨便一句話成了火苗，就燎原了。」

他如夢初醒，驚愕反應。

「婚姻需要溝通與經營，所以，好好建立你與小艾的幸福，珍惜你們的歲月靜好。21世紀的愛情與婚姻，不再是委屈求全，不論男女，只要其中一方不懂得珍惜，那另一方就會是『我可以愛

同學了，我對你有沒有那份心思，你不清楚嗎？

△于士聞言，轉過頭來注視著尋晴，有些受傷心碎反應。

尋晴：如果說，我所說的那句話讓你有了誤會，（站起身）我鄭重向你道歉，但我也想說，是你斷章取義。

于士：（愕然了好一會兒）對不起。

△尋晴走向于士。

尋晴：我們是一輩子的好同學，正因如此我才跟你說實話。于士，知不知道你已經變成一根乾柴，我隨便一句話成了火苗，就燎原了。

△于士如夢初醒，驚愕反應。

尋晴：婚姻需要溝通與經營，所以，好好建立你與小艾的幸福，珍惜你們的歲月靜好。21世紀的愛情與婚姻，不再是委屈求全，不論男女，只要其中一方不懂得珍惜，那另一方就會是「我可以愛你，也可以換了你」。如果你不珍惜，有一天或許小艾有了覺醒，她會主動離開你。

于士：（歎，無地自容）抱歉，我知道了。

| | |
|---|---|
| S：75 | 景：永康茶書院 |
| 時：日 | 人：尋晴、小艾 |

△兩女相對而坐，正在喝茶。

△尋晴邊喝茶邊注視著小艾。

△小艾被看得有點不好意思了，笑了出來。

小艾：不要以為我沒發現喔，妳從一進茶館就一直盯著我。不知情的人還以為妳愛上我呢。

△尋晴放下杯子，笑了。她總覺得有些歉然，有點過意不去。

尋晴：我們是閨蜜啊。

你，也可以換了你』。如果你不珍惜，有一天或許小艾有了覺醒，她會主動離開你。」

他喟歎，有些靦覥無地自容。「抱歉，我知道了。」

◎○◎

兩女相對而坐，正在喝茶。

尋晴邊喝茶邊注視著小艾。

小艾被看得有點不好意思了，笑了出來。「不要以為我沒發現喔，妳從一進茶館就一直盯著我。不知情的人還以為妳愛上我呢。」

尋晴放下杯子，笑了。她總覺得有些歉然，有點過意不去。「我們是閨蜜啊。」

「那也不用這麼深情款款好不好？」

尋晴意味深長地注視著她，問道：「小艾，妳幸福嗎？」

小艾點頭，「嗯，幸福啊，于士算是個稱職的老公，對我對孩子都好。」

「要妳知道，我比任何人都希望妳和于士能夠幸福。只是男人啊，有時候心會野，也不是不愛妳，就是……就是貪玩。」

小艾又笑，「妳今天是怎麼啦，婚姻諮商嗎？」

「沒有啦，妳是閨蜜，于士是大學同學，你倆我最清楚了。有時候給男人一點自己的空間，他想一個人就讓他獨處，他想玩就讓他出去玩一下。妳呢，可以有自己的空間跟社交，讓他心理負擔不那麼大。」

小艾：那也不用這麼深情款款好不好？

尋晴：（意味深長）小艾，妳幸福嗎？

小艾：（點頭）嗯，幸福啊，于士算是個稱職的老公，對我對孩子都好。

尋晴：要妳知道，我比任何人都希望妳和于士能夠幸福。只是男人啊，有時候心會野，也不是不愛妳，就是……就是貪玩。

小艾：（又笑）妳今天是怎麼啦，婚姻諮商嗎？

尋晴：沒有啦，妳是閨蜜，于士是大學同學，你倆我最清楚了。有時候給男人一點自己的空間，他想一個人就讓他獨處，他想玩就讓他出去玩一下。妳呢，可以有自己的空間跟社交，讓他心理負擔不那麼大。

小艾：嗯，妳說的有理，我懂。

尋晴：不知道我能不能遇見生命中那個對的人，若是不能，希望我們能夠閨蜜做伴，一起變老。

小艾：要真是這樣，我會要我兩小寶好好孝順妳，拜妳當乾媽。

尋晴：真聰明，一個未婚乾媽以後的財產就留給妳兒子女兒啦。

小艾：最好是喔，妳有多少財產？

尋晴：可別小看我，哪天寫了一個大賣的劇本就發了。

△兩女都笑了。尋晴舉起茶杯，和小艾的杯碰了一下，笑飲。

| | |
|---|---|
| S：76 | 景：微星百貨書店廣場 |
| 時：日 | 人：尋晴、家男、晚萩、總編、水雲、工作人員若干、粉絲衆、媒體人員 |

△偌大的背景板被安置在簽書會現場，其上印有家男迷人魅力的個人照，還標有書名「從成功到卓越」。背景板前則是一方舖了紅綢巾的長桌。

「嗯，妳說的有理，我懂。」

「不知道我能不能遇見生命中那個對的人，若是不能，希望我們能夠閨蜜做伴，一起變老。」

「要真是這樣，我會要我兩小寶好好孝順妳，拜妳當乾媽。」

「真聰明，一個未婚乾媽以後的財產就留給妳兒子女兒啦。」

「最好是喔，妳有多少財產？」

「可別小看我，哪天寫了一個大賣的劇本就發了。」

兩女都笑了。尋晴舉起茶杯，和小艾的杯碰了一下，笑飲。

◎◎◎

微星百貨書店廣場偌大的背景板被安置於簽書會現場，其上印有家男迷人魅力的個人照，還標有書名「從成功到卓越」。背景板前則是一方舖了紅綢巾的長桌。

現場，家男的男女粉絲爆滿，尤其女粉絲更是人人手裡握著手機等待拍照。

總編輯與尋晴，以及百貨公司其他的工作人員皆已在現場Stand by。

稍後，一雙穿著發亮皮鞋的男足踩進會場，視線自皮鞋往上一瞧，見是家男西裝筆挺、神采飛揚地走進來。現場所有人全報以最熱烈的掌聲。

總編輯手裡拿著嘜克風，歡喜地對著所有讀者們說話。「讓我們一起熱烈歡迎千呼萬喚始出來的百貨男神——查家男先生入場。」

媒體的鎂光燈四起，女粉絲則除了不停拍照以外，尖叫聲亦此起彼落。

△現場，家男的男女粉絲爆滿，尤其女粉絲更是人人手裡握有手機等待拍照。

△總編輯與尋晴，以及其他百貨公司的工作人員已在現場Stand by。

△稍後，一雙穿著發亮皮鞋的男足踩進會場，鏡頭自皮鞋往上攀，見是家男西裝筆挺、神采飛揚地走進來。

△現場所有人報以最熱烈的掌聲。

△總編輯手裡拿著嘜克風，歡喜地對著所有讀者們說話。

總編：讓我們一起熱烈歡迎千呼萬喚始出來的百貨男神——查家男先生入場。

△媒體的鎂光燈四起，女粉絲則除了不停拍照以外，尖叫聲亦此起彼落。

△家男至長桌前站定，自總編輯手中接過嘜克風，然後自信地看向眾人。

家男：這本書的誕生，對我而言是一個奇蹟，因為似乎冥冥中註定，有人會陪我一起完成它。

△家男看向尋晴，尋晴亦凝視著他。然後，家男看向眾人。

家男：這本書的書名，其實是我的撰稿人為我所想的。她說，我是一名成功人士。或許在世俗定義裡，我真的是一名成功人士，但我不清楚，自己是不是夠格稱之為「卓越」。採訪過程中，我撰稿人對我的提問與引導，讓我開始對自己有所省思。但不論如何，希望這本書對你們有所助益，同時要在這裡感謝我的專業撰稿人（看向尋晴）——艾尋晴小姐。

△一隅的晚萩隔著距離關注現場所有一切，她看向尋晴再看向家男，然後瞭然一笑。

晚萩：（OS）查家男眼裡所看見的，居然全是尋晴。

△所有粉絲循家男的目光看向尋晴。尋晴朝他尷尬一笑，再

家男至長桌前站定，自總編輯手中接過嘜克風，然後自信地看向眾人。「這本書的誕生，對我而言是一個奇蹟，因為似乎冥冥中註定，有人會陪我一起完成它。」他看向尋晴，尋晴亦凝視著他。然後，他看向眾人。「這本書的書名，其實是我的撰稿人為我所想的。她說，我是一名成功人士。或許在世俗定義裡，我真的是一名成功人士，但我不清楚，自己是不是夠格稱之為『卓越』。採訪過程中，我撰稿人對我的提問與引導，讓我開始對自己有所省思。但不論如何，希望這本書對你們有所助益，同時要在這裡感謝我的專業撰稿人，」他看向尋晴，「——艾尋晴小姐。」

一隅的晚萩隔著距離關注現場所有一切，她看向尋晴再看向家男，然後瞭然一笑。她有些低估了家南的情感，心下想道：「沒想到查家男眼裡所看見的，居然全是尋晴。」

所有粉絲循家男的目光看向尋晴。尋晴朝他尷尬一笑，再向所有粉絲們頷首致意。

致辭完畢以後，所有女粉絲往前，依序一一地排隊拿著書本讓家男簽名，或手機拍攝現場實況，或與家男合影，氣氛可謂十分熱絡。此時水雲華麗現身，捧著一大束紅色玫瑰來到長桌前，遞予家男。所有人看見水雲，全都騷動起來，媒體的鎂光燈有部分集中在她身上。尋晴見水雲驟然現身，瞭然一笑，然後轉身離開簽書會的現場。

家男匆匆一瞥，見尋晴離開，有些愴然失望反應。心下想道：「尋晴，為什麼所有女孩都奔向我，但我唯獨看見且記在心上的，竟是轉身離去的妳？」

簽書會的活動仍持續進行中，家男埋首於書堆之中不停地簽名。

微星百貨二樓室內天井欄杆前，水雲與家男並肩而立，看向一樓流動的人潮。

向所有粉絲們頷首致意。

△鏡頭一轉，所有女粉絲往前，依序一一地排隊拿著書本讓家男簽名，或手機拍攝現場實況，或與家男合影，氣氛可謂十分熱絡。

△此時水雲華麗現身，捧著一大束紅色玫瑰來到長桌前，遞予家男。

△所有人看見水雲，全都騷動起來，媒體的鎂光燈有部分集中在她身上。

△尋晴見水雲驟然現身，瞭然一笑，然後轉身離開簽書會的現場。

△家男匆匆一瞥，見尋晴離去，有些愴然失望反應。

家男：（OS）尋晴，為什麼所有女孩都奔向我，但我唯獨看見且記在心上的，竟是轉身離去的妳？

△簽書會的活動仍持續進行中，家男埋首於書堆之中不停地簽名。

△Fade out.

| | |
|---|---|
| S：77 | 景：微星百貨二樓室內天井欄杆前 |
| 時：日 | 人：家男、水雲、環境人物 |

△水雲與家男並肩而立，在欄杆前看向一樓流動的人潮。

△水雲雙手置於欄杆上，笑了，撇過臉去看向家男。

水雲：恭喜你，簽書會很成功。

家男：謝謝妳。

水雲：過了今天，或許以後我們見面的機會就更少了。

△家男有些狐疑不解地注視著水雲。

水雲：（目光仍直視一樓）家男，我們這一次，徹底分手了吧。

水雲雙手置於欄杆上，笑了，撇過臉去看向家男。「恭喜你，簽書會很成功。」

「謝謝妳。」

「過了今天，或許以後我們見面的機會就更少了。」

他有些狐疑不解地注視著她。

她的目光仍直視一樓，「家男，我們這一次，澈底分手了吧。」

他聞言，有些愕然反應。

「五年來分分合合這麼多次，彼此浪費時間、消耗感情，我真不覺得還有什麼意義。」

他的表情很是憂鬱，但那種憂鬱看不出是否傷心。他注視著一樓好久好久，之後才轉過臉來凝睇她。「妳確定嗎？」

「確定了，不會再改變。曾試著十天不聯繫你，想看看自己會有如何反應，但我發現自己一腔心思都在工作上，很少想起你，也不覺得沒有聯繫你有什麼大不了。」

他失笑，「我竟輸給了妳的工作、妳的事業。」

「不是你的問題。我很清楚自己不適合人妻人母的角色，所以拿掉你的孩子，一心一意在事業上衝刺。有不少女人渴望愛情與婚姻、期待孩子的到來，但這其實只是環境與世俗建構了人母傾向。」

聞言，他忽又轉為憂鬱的神情。

「你像一陣風，不為任何人停留，我沒把握能將風給抓在手心裡。況且，你也不是真這麼想結婚吧？」

△家男聞言，有些愕然反應。

水雲：五年來分分合合這麼多次，彼此浪費時間、消耗感情，我真不覺得有什麼意義。

△家男的表情很是憂鬱，但那種憂鬱看不出是否傷心。他注視著一樓好久好久，之後才轉過臉來凝睇水雲。

家男：妳確定嗎？

水雲：確定了，不會再改變。曾試著十天不聯繫你，想看看自己會有如何反應，但我發現自己一腔心思都在工作上，很少想起你，也不覺得沒有聯繫你有什麼大不了。

家男：（失笑）我竟輸給了妳的工作、妳的事業。

水雲：不是你的問題。我很清楚自己不適合人妻人母的角色，所以拿掉你的孩子，一心一意在事業上衝刺。有不少女人渴望愛情與婚姻、期待孩子的到來，但這其實只是環境與世俗建構了人母傾向。

△聞言，家男忽又轉為憂鬱的神情。

水雲：你像一陣風，不為任何人停留，我沒把握能將風給抓在手心裡。況且，你也不是真這麼想結婚吧？

家男：（沉吟）好，尊重妳的決定。

水雲：雖然分手以後，對你我還是有所眷戀，但，就升華成為真正的朋友吧。

△水雲上前，給家男一個擁抱。

△家男拍拍水雲的背脊，無奈卻又溫文一笑。

△Fade out.

他沉吟，「好，尊重妳的決定。」

「雖然分手以後，對你我還是有所眷戀，但，就升華成為真正的朋友吧。」她上前，給了他一個擁抱。

他拍拍她的背脊，無奈卻又溫文一笑。

◎○◎

晚萩從某一端走來。

家男則從另一端走來，與晚萩彼此邂逅。

兩人對視，她朝他一笑，然後挽著他的手一起漫步在綠草地上。他們在綠草如茵的夢幻世界裡跳著踢踏舞，晚萩忽然手一揮，家男因之飛了起來驚愕反應，愈飛愈遠最後消失不見。

晚萩心下想道：「故事人物的世界與作家的世界，原本是兩個平行彼此不相融的世界。作家不是上帝，卻是故事人物的主宰。她將給予另一個截然不同的人生境遇，為得只是淬練故事裡頭的人物，讓他成為一個更好的人。」

S：78　　景：雜景
時：日　　人：晚萩、家男

△Fade in.

△黑白畫面處理，晚萩從某一端走來。

△家男則從另一端走來，與晚萩彼此邂逅。

△兩人對視，晚萩朝家男一笑，然後挽著他的手一起漫步在綠草地上。

△他們在綠草如茵的夢幻世界裡跳著踢踏舞，晚萩忽然手一揮（動畫處理，揮動的指尖有著如同仙女一樣的晶亮線條），家男因之飛了起來驚愕反應，愈飛愈遠最後消失不見。

△以上畫面，搭以下晚萩OS呈現。

晚萩：（OS）故事人物的世界與作家的世界，原本是兩個平行彼此不相融的世界。作家不是上帝，卻是故事人物的主宰。她將給予另一個截然不同的人生境遇，為得只是淬練故事裡頭的人物，讓他成為一個更好的人。

△Fade out，畫面全黑。

△上字幕：「故事人物遇上作家」。

△Fade out.

# 第4話｜故事人物遇上作家

辦公室裡，家男埋首於案牘，或是在銷售的樓層巡視，或與工作人員對話。

水雲在會議室裡，和手底下的工作人員一起開會，或者是在專櫃與門市小姐討論工作上的事情。

尋晴在教室上課，或與同學互動，或揹包包提著筆電離開校園。

數年以後，尋晴研究所畢業已於大學課堂裡教書，時常於下課後獨自一人漫步於校園中。

晚萩坐於一個書牆林立的書房桌案前，以筆電專注地寫稿，或者前往圖書館翻閱書籍找資料。

正在寫作中的這個故事已經來到了尾聲，她檢視自己所寫的故事，有了一點想法：「簽書會是家男、尋晴及水雲之間最後一次，同一場合有所交集。在此之後家男與水雲正式分手，各自用心認真地投入工作。尋晴完成撰稿任務，自此不再與家男聯繫，除了出版社的接案工作以外，她也投入心思念書，一路從碩士念到博士，畢業以後成為大學教師。寫完了家男、水雲、尋晴以及于士的故事以後，對這結局實在是感到有些不滿，總覺得好像少了一點什麼。我一直不停地斟酌思索，想要對這故事的結局有些更動，好讓它可以更圓滿更有意義一些……」

◎○◎

晚萩正以筆電寫稿，桌案上有一份甜點，及一杯咖啡。

視線自晚萩處，帶到一旁交談或是喝咖啡的客人，再拉到門口處，見是家男從外頭開門入內。

稍後，家男端著所點的飲品與點心往裡走，他見晚萩身旁有一空位，於是上前，將托盤置於桌案上，然後拉開椅子坐下來。

此時如同陷入幻境，館內似乎僅剩家男與晚萩，兩盞Spotlight各自打在兩人的身上。

| | |
|---|---|
| S：79 | 景：雜景 |
| 時：日 | 人：尋晴、家男、水雲、晚萩 |

△Fade in.

△辦公室裡，家男埋首於案牘，或是在銷售的樓層巡視，或與工作人員對話。

△水雲在會議室裡，和手底下的工作人員一起開會，或者是在專櫃與門市小姐討論工作上的事情。

△尋晴在教室上課，或與同學互動，或揹包包提著筆電離開校園的畫面。

△鏡頭一轉，尋晴已於大學課堂裡教書，以及課後獨自一人漫步校園的畫面。

△晚萩坐於一個書牆林立的書房桌案前，以筆電專注地寫稿，以及在書店裡閒逛，翻閱書籍的悠閒自在。

△以上畫面，搭以下旁白OS呈現。

旁白：（OS）簽書會是家男、尋晴及水雲之間最後一次，同一場合有所交集。在此之後家男與水雲正式分手，各自用心認真地投入工作。尋晴完成撰稿任務，自此不再與家男聯繫，除了出版社的接案工作以外，她也投入心思念書，一路從碩士念到博士，畢業以後成為大學教師。而慕晚萩呢，寫完了家男、水雲、尋晴以及于士的故事情節以後，對這結局似乎感到有些不滿，總覺得少了一點什麼。她不停地思索，想要對這故事的結局有些更動。

晚萩停下打字寫稿的動作，有所思索地看向家男。「我在想，真像水雲所說的，你只是一陣風，從來不為任何人停留？」

他注視晚萩，「我們很熟嗎，妳跟水雲熟嗎？為什麼會知道她所說的話？」

「你對我當然不熟，但我對你卻瞭若指掌。」

「為什麼？」他沉吟了一會兒，「所以呢？」

「我總覺得，你應該經歷一點不一樣的人生，之後才能脫胎換骨。」

「什麼意思？」

她起身，走到一旁望向遠方，似是在回憶過往。她不答僅笑。「少女時期，我也曾經在情感上，有過一點點小渣。」

「妳看起來，不像。」

「這沒辦法從外在觀察來斷定。渣或不渣，除了是人性缺陷以外，或許也有相對的成分在。」

他不解，狐疑地看向她。

「人是立體的，有強有弱，有好有壞。與某些人相遇，或許會引出你渣的部分；與另外的某些人相遇，則有可能會激發你好的特質。」

他瞭悟，會心一笑。他起身，走向她。「妳是想告訴我，與尋晴相遇，她會激發我好的那一面？」

「嗯。生命中能夠遇見這樣的人，真值得恭喜。所以，人生是否能改寫，決定在於閱歷，在於成熟的思維。」她回到位置坐下，注視著筆電螢幕開始操控滑鼠與鍵盤，刪掉稿件裡的一大段文

| | |
|---|---|
| S：80 | 景：咖啡館 |
| 時：日 | 人：家男、晚萩、環境人物 |

△晚萩正以筆電寫稿，桌案上有一份甜點，及一杯咖啡。

△鏡頭自晚萩處，帶到一旁交談或是喝咖啡的客人，再拉到門口處，見家男從外頭開門入內。

△鏡頭一轉，家男端著所點的飲品與點心往裡走，主觀視線見晚萩身旁有一空位，於是上前，將托盤置於桌案上，然後拉開椅子坐下來。

△此時如同陷入幻境，館內似乎僅剩家男與晚萩，兩盞Spotlight各自打在兩人的身上。

△晚萩停下打字寫稿的動作，邊思索邊看向家男。

晚萩：我在想，真像水雲所說的，你只是一陣風，從來不為任何人停留？

家男：（注視晚萩）我們很熟嗎，妳跟水雲熟嗎？為什麼會知道她所說的話？

晚萩：你對我當然不熟，但我對你卻瞭若指掌。

家男：為什麼？（沉吟）所以呢？

晚萩：我總覺得，你應該經歷一點不一樣的人生，之後才能脫胎換骨。

家男：什麼意思？

△晚萩起身，走到一旁望向遠方，似是在回憶過往。

晚萩：（不答僅笑）少女時期，我也曾經在情感上，有過一點點小渣。

家男：妳看起來，不像。

晚萩：這沒辦法從外在觀察來斷定。渣或不渣，除了是人性缺陷以外，或許也有相對的成分在。

字，復又重新寫稿……

她開始重新寫了一段文字：「日光自窗外，透過窗簾細縫射進室內，家男裸裎上半身，裹著被單於床上沉睡……」寫完一小段文字以後，她停下動作抬眼看向所有讀者們，問道：「我親愛的讀友們，你們覺得，我修改結局是一個對的決定嗎？你們認為，結局該如何修改？是讓家男與水雲復合，還是讓家男遂其所願，和尋晴終成眷屬呢？你們先想想看，要怎麼修改才能不落俗套。」語畢，她繼續以雙手飛快地在鍵盤上敲打……

◎○◎

日光自窗外，透過窗簾細縫射進室內，家男裸裎上半身，裹著被單於床上沉睡。

床頭櫃上的手機鈴聲驟然地響起，家男被鈴聲和紘擾醒，於是伸手抓來手機然後按下接聽鍵，濃濃睡意的聲音說道：「喂……」

「都出大事了，你還在睡？」總裁似是有些不滿。

聞言，家男驟然地清醒過來。「總裁？」

「沈雲生預謀斂財，透過海外子公司，掏走微星集團10億潛逃美國，你趕緊過來公司一趟。」

聞言，家男震驚反應。

總裁與家男於小會議桌前對坐，總裁一臉凝肅地注視著他。

總裁將筆電螢幕轉而面向家男，「你看一下這個視頻。」

△家男不解，狐疑地看向晚萩。

晚萩：人是立體的，有強有弱，有好有壞。與某些人相遇，或許會引出你渣的部分；與另外的某些人相遇，有可能會激發你好的特質。

△家男瞭悟，會心一笑。他起身，走向晚萩。

家男：妳是想告訴我，與尋晴相遇，她會激發我好的那一面？

晚萩：嗯。生命中能夠遇見這樣的人，真值得恭喜。所以，人生是否能改寫，決定在於閱歷，在於成熟的思維。

△晚萩回到位置坐下，注視著筆電螢幕開始操控滑鼠與鍵盤，刪掉稿件裡的一大段文字，復又重新寫稿……

△特寫螢幕上，一段文字「日光自窗外，透過窗簾細縫射進室內，家男裸裎上半身，裹著被單於床上沉睡」被一個字一個字打出來的畫面。她寫完一小段文字以後，停下打字寫稿的動作抬眼看向所有讀者們。

晚萩：我親愛的讀友們，你們覺得，我修改結局是一個對的決定嗎？你們認為，結局該如何修改？是讓家男與水雲復合，還是讓家男遂其所願，和尋晴終成眷屬呢？你們先想想看，要怎麼修改才能不落俗套。

△語畢，她繼續以雙手飛快地在鍵盤上敲打……

△接之緩慢地疊入某個房間的場景，緊連下一場。

| | |
|---|---|
| S：81 | 景：房間 |
| 時：日 | 人：家男、總裁（畫外音） |

△日光自窗外，透過窗簾細縫射進室內，家男裸裎上半身，裹著被單於床上沉睡。

△SE手機鈴聲，鏡頭拉到床頭櫃上的手機，特寫。

「這是？」

「你看了就知道。」

家男操控滑鼠按下Play鍵，視頻是一對男女滾床單的畫面。他有些狐疑，仔細一看，畫面的男主角竟是自己，不由得震愕萬分。他再繼續看下去，視頻裡的男人，不論面容、身材與自己皆很相似。他站了起來，有點激動地解釋。「總裁，我從來沒有跟鍾翠微有過這種關係。」

「那視頻裡的男人是誰，難道你有雙胞胎兄弟？」

「當然沒有，可是，這個人真的不是我。男人就要有所擔當，是我就是我；不是我，您要我如何承認？」

「行，那你給我一個合理的解釋？」

家男答不出話來，暗歎一口氣跌坐椅子上，以手支額思索反應。

「沒說話就當你是默認了？」

家男沒有任何動作，亦未言語，像是一尊雕像一樣杵著不動。

「你跟鍾翠微有這種關係，她是沈雲生的秘書，你們的關係匪淺？」

「我與沈雲生本來就不合，怎麼可能跟他同流合污？」

「『不合』或許只是表面，性愛視頻足以證明你與沈雲生交情不一般。」

「您的意思是，沈雲生拿他的女人來酬謝我？」他失笑，「那女人入得了我的眼嗎？視頻裡的男人不是我，不信的話可以找鍾翠微來對質。」

「她已經離職，恐怕早跟沈雲生捲款去了美國。何況若要酬謝你，除了女人應該還有其他利

△家男被鈴聲和紘擾醒，於是伸手抓來手機然後按下接聽鍵。

家男：（濃濃睡意）喂……

總裁：（畫外音）都出大事了，你還在睡？

家男：（清醒）總裁？

總裁：（畫外音）沈雲生預謀斂財，透過海外子公司，掏走微星集團10億潛逃美國，你趕緊過來公司一趟。

△聞言，家男震驚反應。

| | |
|---|---|
| S：82 | 景：總裁辦公室 |
| 時：日 | 人：總裁、家男 |

△總裁與家男於小會議桌前對坐，總裁一臉凝肅地注視著他。

△總裁的手部動作，將筆電螢幕轉而面向家男。

總裁：你看一下這個視頻。

家男：這是？

總裁：你看了就知道。

△家男操控滑鼠按下Play鍵，視頻是一對男女滾床單的畫面。

△家男有些狐疑，仔細一看，畫面的男主角竟是自己，不由得震愕萬分。他再繼續看下去，視頻裡的男人，不論面容、身材與自己皆很相似。

△家男站了起來，有點激動地解釋。

家男：總裁，我從來沒有跟鍾翠微有過這種關係。

總裁：那視頻裡的男人是誰，難道你有雙胞胎兄弟？

家男：當然沒有，可是，這個人真的不是我。男人就要有所擔當，是我就是我；不是我，您要我如何承認？

總裁：行，那你給我一個合理的解釋？

△家男答不出話來，暗歎一口氣跌坐椅子上，以手支額思索

益。你別惱，我這也是合理懷疑。」

家男愕然又百口莫辯，微慍。他起身走到落地窗前，冷靜自己的情緒。

總裁亦起身，走到家男身旁。「家男，你向來自命風流倜儻，捻花惹草眾所周知，你提不出證據，我就當鍾翠微是你後宮佳麗之一了。」

家男囁嚅，最後頹然地垂下腦袋。

「這件事情要徹查，所以你暫先停職，等一切查清楚了以後再說。這段期間，你正好可以放個長假。」

家男打開辦公室大門入內，走到自己的桌位前坐下。

家男整個人向後仰，癱於辦公椅上，閉上雙眼沉澱心緒。

一會兒以後，他睜開雙眼，掏出手機撥打電話。「水雲，是我……」

「不用說，我都知道了，今天的臉書動態，塞爆了你的新聞。」

聞言，他很受不了、很是無力反應，不說話。

「家男，我絕不是落井下石，但這時候有點敏感，少聯繫比較好。」

「妳這什麼意思，跟我切割，劃清關係？」

「不是，但如果你真要這麼想，我也沒辦法。」

「妳算是委婉承認嗎？」

「不要動怒，理性一點，否則接下來我要說的話你會更受不了。」

反應。

總裁：沒說話就當你是默認了？

△家男沒有任何動作，亦未言語，像是一尊雕像一樣杵著不動。

總裁：你跟鍾翠微有這種關係，她是沈雲生的秘書，你們的關係匪淺？

家男：我與沈雲生本來就不合，怎麼可能跟他同流合污？

總裁：「不合」或許只是表面，性愛視頻足以證明你與沈雲生交情不一般。

家男：您的意思是，沈雲生拿他的女人來酬謝我？（失笑）那女人入得了我的眼嗎？視頻裡的男人不是我，可以找鍾翠微來對質。

總裁：她已經離職，恐怕早跟沈雲生捲款去了美國。何況若要酬謝你，除了女人應該還有其他利益。你別惱，我這也是合理懷疑。

△家男愕然又百口莫辯，微惱。他起身走到落地窗前，冷靜自己的情緒。

△總裁亦起身，走到家男身旁。

總裁：家男，你向來自命風流倜儻，捻花惹草眾所周知，你提不出證據，我就當鍾翠微是你後宮佳麗之一了。

△家男囁嚅，最後頹然地垂下腦袋。

總裁：這件事情要徹查，所以你暫先停職，等一切查清楚了以後再說。這段期間，你正好可以放個長假。

| | |
|---|---|
| S：83 | 景：總經理辦公室／水雲辦公室 |
| 時：日 | 人：家男／水雲 |

△辦公室主觀鏡頭，家男打開辦公室大門入鏡，走到自己的

「什麼話？」

「之前我們談要合作的案子，暫先打住。我不希望辛苦一手創建的化妝品品牌，受到任何一絲負面新聞的殃及。」

聞言，他笑了。「果然是酈水雲，工作事業永遠擺在愛情面前。」他惱怒，掛電話收線，將手機扔在桌案上。

微星百貨大辦公室所有人正埋首於自己的工作，有人打電話、有人操作電腦，或有影印文件，或有幾人聚攏正在舉行微型會議。

家男從自己的辦公室走出來，經過走道正要離開，所經之處所有同事皆以揣測或懷疑的眸光凝視著他。

他見所有人皆冷漠的神情，心中泛起一絲絲凝肅寒意。他走向出口處，一語不發地離開辦公室。

家男回到家，開門入內，走到沙發處憤而將公事包給扔進沙發，然後整個人跌坐進去。

他心煩意亂，起身走到吧臺處，取來一瓶紅酒打開，注入高腳杯中舉杯仰首一飲而盡。他的心情極壞，是以一連猛喝了好幾杯。

他一手拎著酒瓶，一手托著高腳杯，走到沙發處坐下，再次仰首喝乾杯裡的紅色醇液。

他停下動作，掏出手機撥打電話。一會兒以後，電話接通。「曉姝，在忙嗎？」

「還好。怎麼了，突然打電話來？」

桌位坐下。

△家男整個人向後仰，癱於辦公椅上，閉上雙眼沉澱心緒。

△一會兒以後，他睜開雙眼，掏出手機撥打電話。

△以下兩景對剪。

家男：水雲，是我……

水雲：不用說，我都知道了，今天的臉書動態，塞爆了你的新聞。

△家男聞言，很受不了、很是無力反應，不說話。

水雲：家男，我絕不是落井下石，但這時候有點敏感，少聯繫比較好。

家男：妳這什麼意思，跟我切割，劃清關係？

水雲：不是，但如果你真要這麼想，我也沒辦法。

家男：妳算是委婉承認嗎？

水雲：不要動怒，理性一點，否則接下來我要說的話你會更受不了。

家男：什麼話？

水雲：之前我們談要合作的案子，暫先打住。我不希望辛苦一手創建的化妝品品牌，受到任何一絲負面新聞的殃及。

家男：（笑了）果然是酈水雲，工作事業永遠擺在愛情面前。

△家男慍怒，掛電話收線，將手機扔在桌案上。

△鏡跳水雲，無奈歎息反應。

| | |
|---|---|
| S：84 | 景：微星百貨大辦公室 |
| 時：日 | 人：家男、環境人物 |

△所有人正埋首於自己的工作，有人打電話、有人操作電腦，或有影印文件，或有幾人聚攏正在舉行微型會議。

△家男入鏡，經過走道正要離開，所經之處所有同事皆以揣測或懷疑的眸光凝視著他。

「心情很煩，妳若不忙的話可不可以來我家陪我喝酒？」

她沉吟了好一會兒，「記得以前你曾說過，我最大的優點是識大體，你說要好好衝刺事業顧不上我，所以我們很平靜地散了，把你還給了酈水雲。」

他歎息，情緒有些不耐煩。「現在說這些做什麼呢？」

「我知道你的事情了。」

「……所以呢？」

「我一會兒有事要出門，沒辦法陪你。或許改天……」

他搶白，「妳去忙吧，就這樣。Bye。」他掛電話收線，心裡十分難受反應。

◎○◎

尋晴一人待在咖啡館裡，她正坐在筆電前寫稿。

家男很是失意地入內，未料竟見到尋晴，有些詫異反應。他走向她，在她面前站定。

她覺察有人，停下動作抬眼，見是他來，有些訝然。

兩人相互凝睇了幾秒鐘。

他禮貌地問道：「我可以，坐下來嗎？」

她挪動了筆電、咖啡杯與空盤，讓出一個位置來。

他挪動身子坐了下來，「妳怎麼會在這裡？」

「之前跟你來過一次，覺得很不錯，所以偶爾就過來寫稿。」

△家男主觀視線見所有人皆冷漠的神情，心中泛起一絲絲凝肅寒意。

△家男走向出口處，一言不發地離開辦公室。

| | |
|---|---|
| S：85 | 景：家男宅客廳 |
| 時：日 | 人：家男、曉姝（畫外音） |

△客廳主觀鏡頭，家男開門入鏡，走到沙發處憤而將公事包給扔進沙發，然後整個人跌坐進去。

△家男心煩意亂，起身走到吧臺處，取來一瓶紅酒打開，注入高腳杯中舉杯仰首一飲而盡。他的心情極壞，是以一連猛喝了好幾杯。

△家男一手拎著酒瓶，一手托著高腳杯，走到沙發處坐下，再次仰首喝乾杯裡的紅色醇液。

△家男停下動作，掏出手機撥打電話。一會兒以後，電話接通。

家男：曉姝，在忙嗎？

曉姝：（畫外音，以下同）還好。怎麼了，突然打電話來？

家男：心情很煩，妳若不忙的話可不可以來我家陪我喝酒？

曉姝：（沉吟了好一會兒）記得以前你曾說過，我最大的優點是識大體，你說要好好衝刺事業顧不上我，所以我們很平靜地散了，把你還給了酈水雲。

家男：（歎，略不耐）現在說這些做什麼呢？

曉姝：我知道你的事情了。

家男：（肅）……所以呢？

曉姝：我一會兒有事要出門，沒辦法陪你。或許改天……

家男：（搶白）妳去忙吧，就這樣。Bye。

他注視著她，有些尷尬地笑了一下，抓抓自己的頭。「新聞一直報導，妳……知道了吧？」

她點頭，「查總再如何遇見棘手難以處理的事情，總不會亂了自己的心志。雖然心情很不好，但還是將自己打理得很整齊。」

「全天下的人都不相信我，但尋晴，性愛視頻裡的男人真不是我。」

她其實對此視頻也有些質疑，聽他如是說，便再次確認。「真不是你？」

「對，那個人不是我，我也沒有跟沈雲生一起同流合污。」

「既然你這麼說了，我就相信你。」

他有點驚訝與意外，「為什麼？」

「第一，視頻裡的女人，直覺你不會喜歡；第二，從你的工作表現就知道你有擔當；第三，以家世背景與成長環境的養成來看，你應該不會有這種貪婪犯罪的念頭。」

「第三點，什麼意思？」

「一個從小不虞匱乏，看著錢長大的人，會覺得錢很稀罕嗎？」

他感到很是欣慰，「謝謝妳願意相信我。」

「只有我相信不夠；我的相信也微不足道。要如何證明，視頻裡的男人不是你呢？」

聞言，他一時也沒有什麼頭緒，因此十分懊惱反應。

尋晴坐在沙發上沉思，家男端來兩杯果汁，一杯給她；一杯給自己，然後在她旁邊的位置坐下來。

△家男掛電話收線，難受反應。

| | |
|---|---|
| S：86 | 景：小咖啡館 |
| 時：夜 | 人：家男、尋晴、環境人物 |

△鏡頭從大門進入，細細審視館內一切，最後來到尋晴所坐的桌位。她正坐在筆電前寫稿。

△家男很是失意地入鏡，入內以後竟見到尋晴，有些詫異反應。他走向她，在她面前站定。

△尋晴覺察有人，停下動作抬眼，見是家男有些訝然。

△兩人相互凝睇了幾秒鐘。

家男：我可以，坐下來嗎？

△尋晴挪動了筆電、咖啡杯與空盤，讓出一個位置來。

△家男挪動身子坐了下來。

家男：妳怎麼會在這裡？

尋晴：之前跟你來過一次，覺得很不錯，所以偶爾就過來寫稿。

△家男注視著尋晴，有些尷尬地笑了一下。抓抓自己的頭。

家男：新聞一直報導，妳……知道了吧？

尋晴：（點頭）查總再如何遇見棘手難以處理的事情，總不會亂了自己的心志。雖然心情很不好，但還是將自己打理得很整齊。

家男：全天下的人都不相信我，但尋晴，性愛視頻裡的男人真不是我。

尋晴：（對此視頻有質疑，聽他如是說，便再次確認）真不是你？

家男：對，那個人不是我，我也沒有跟沈雲生一起同流合污。

尋晴：既然你這麼說了，我就相信你。

家男：（有點驚訝與意外）為什麼？

尋晴：第一，視頻裡的女人，直覺你不會喜歡；第二，從你的工作

「妳想到什麼了嗎？」

「剛才想了很久，其實總裁所說的沒錯，除非你有雙胞胎兄弟。」

「我有其他兄弟，但不是雙胞胎，我們長得也不像。」

「你認為，兩個很相像的人，除了雙胞胎，還能有什麼原因？」

「以前曾在網路上看過類似毫無血緣關係，卻長得很像的兩人。」

「除了這個以外，應該還有。」

聞言，他一臉好奇反應。

她解釋地說道：「看過明星模仿比賽吧？」家男點頭，因此她繼續地說道：「除了基本外貌略為相似以外，『化妝』也是一個很重要的關鍵。」

「妳這麼說，有道理。」

「如果不是本尊而是分身的話，肯定有破綻。」

他的眼神一亮，「所以，從視頻裡找破綻。」

她笑，「正解。」

「我去拿電腦。」他起身離去，一會兒以後取來筆電放在沙發前的小桌案上。他操控滑鼠，她則與他一起查看視頻裡的畫面。

筆電螢幕上所show出的視頻畫面，是一家高級酒店的客房，與家男相像的男人，和鍾翠微開始愛撫擁吻，吻了很久很久……

畫面似乎經過剪輯，之後直接跳到兩人已躺於床鋪上纏綿的畫面。

表現就知道你有擔當；第三，以家世背景與成長環境的養成來看，你應該不會有這種貪婪犯罪的念頭。

家男：第三點，什麼意思？

尋晴：一個從小不虞匱乏，看著錢長大的人，會覺得錢很稀罕嗎？

家男：（欣慰）謝謝妳願意相信我。

尋晴：只有我相信不夠；我的相信也微不足道。要如何證明，視頻裡的男人不是你呢？

△家男懊惱反應。

| | |
|---|---|
| S：87 | 景：家男宅客廳 |
| 時：日 | 人：家男、尋晴 |

△尋晴坐在沙發上沉思，家男端來兩杯果汁，一杯給她；一杯給自己，然後在她旁邊的位置坐下來。

家男：妳想到什麼了嗎？

尋晴：剛才想了很久，其實總裁所說的沒錯，除非你有雙胞胎兄弟。

家男：我有其他兄弟，但不是雙胞胎，我們長得也不像。

尋晴：你認為，兩個很相像的人，除了雙胞胎，還能有什麼原因？

家男：以前曾在網路上看過類似毫無血緣關係，卻長得很像的兩人。

尋晴：除了這個以外，應該還有。

△家男好奇反應。

尋晴：看過明星模仿比賽吧？（家男點頭）除了基本外貌略為相似以外，「化妝」也是一個很重要的關鍵。

家男：妳這麼說，有道理。

尋晴：如果不是本尊而是分身的話，肯定有破綻。

家男：（眼神一亮）所以，從視頻裡找破綻。

尋晴：（笑）正解。

他與她一次又一次地查看視頻，已經不知過了多久時間了。

他累了，仰癱在沙發背上抒口氣。

她覺得很是困惑，亦很疲倦，查看視頻的雙眼已經有點微瞇了。

他察覺她的疲憊，便說道：「休息一下吧。」

她沒有停下動作，仍不停地注視著螢幕。忽然她發現了什麼似的，按下暫停鍵。

他注意到她的反應，於是趨近她。

她轉過臉來看向他，對他一番端詳，然後查看他右下巴近脖子處。「沒有耶，你沒有傷痕。」

「什麼意思？」

「你自己看……」

他倒退了一點播放內容然後重按了Play鍵，看了該段視頻，她指給他看，他恍然。「這男人的右下巴靠近脖子的地方有個小傷痕，沒仔細看還真看不出來。」

「所以，只要能找到這個男人，就能證明你與這件事情無關。只是，要怎麼找呢？」

他思索，再看了一下筆電螢幕，眼睛亮了起來，看向她。「妳有沒有發現，他們親熱的房間不是一般小飯店的客房？」

「嗯，還挺高級的。大概是覺得以你的身分，不可能到小飯店開房間。」

「全臺北市就那幾家高級酒店，我有人脈可以幫我查出入住登記。」

聞言，她點頭。「這是個好方法，先查查看再說。」

家男：我去拿電腦。

△家男起身離去，一會兒以後取來筆電放在沙發前的小桌案上。

△家男操控滑鼠，尋晴與他一起查看視頻裡的畫面。

△鏡頭特寫筆電螢幕上所show出的視頻畫面，是一家高級酒店的客房，與家男相像的男人，和鍾翠微開始愛撫擁吻，吻了很久很久……

△畫面似乎經過剪輯，之後直接跳到兩人已躺於床舖上纏綿的畫面。

△疊家男與尋晴一次又一次地查看視頻，以顯示時間過程。

△家男累了，仰癱在沙發背上抒口氣。

△尋晴覺得很是困惑，亦很疲倦，查看視頻的雙眼已經有點微瞇了。

家男：休息一下吧。

△尋晴沒有停下動作，仍不停地注視著螢幕。

△尋晴忽然發現了什麼似的，按下暫停鍵。

△家男注意到尋晴的反應，於是趨近她。

△尋晴轉過臉來看向家男，對他一番端詳，然後查看他右下巴近脖子處。

尋晴：沒有耶，你沒有傷痕。

家男：什麼意思？

尋晴：你自己看……

△家男倒退了一點播放內容然後重按了Play鍵，看了該段視頻，尋晴指給他看，他恍然。

家男：這男人的右下巴靠近脖子的地方有個小傷痕，沒仔細看還真看不出來。

尋晴：所以，只要能找到這個男人，就能證明你與這件事情無關。

◎○◎

茶書院裡家男與尋晴對坐，面前各有一杯飲品。

家男有些沮喪反應，不斷地以手指敲打著桌案。

尋晴關心，注視著他。「怎麼都不說話，是不是查到了什麼？」

他暗歎，「是根本什麼也沒查到，現在反而有點膠著。」

「你說清楚點。」

「我找人查了，前不久鍾翠微確實是跟一個男人去了酒店開房，但入住是以鍾翠微的身分做登記，然後附註攜伴同住而已。」

「這樣就查不到那男人的真實身分了。」

「線索到這裡就斷了，我不甘心。」

她看向窗外，思索再思索，然後忽喃喃自語了起來。「要找一個人，除了登報、想辦法弄到電話號碼，還能有什麼方式呢？」

「登報、打電話，那也要是以對方願意被找到為前提啊。」

「所以我們應該……『暗中尋訪』？」

他靈光霎現，恍然一笑。「可以利用網路搜索。」

「網路？」她沉吟了一會兒，眼神一亮。「不妨以你的名字Google一下，畢竟那人跟你很相像，搞不好也曾模仿過你什麼的。」

他微笑，「心有靈犀。」

只是，要怎麼找呢？

△家男思索，再看了一下筆電螢幕，眼睛亮了起來，看向尋晴。

家男：妳有沒有發現，他們親熱的房間不是一般小飯店的客房？

尋晴：嗯，還挺高級的。大概是覺得以你的身分，不可能到小飯店開房間。

家男：全臺北市就那幾家高級酒店，我有人脈可以幫我查出入住登記。

尋晴：（點頭）這是個好方法，先查查看再說。

| | |
|---|---|
| S：88 | 景：永康茶書院 |
| 時：日 | 人：家男、尋晴 |

△家男與尋晴對坐，面前各有一杯飲品。

△家男有些沮喪反應，不斷地以手指敲打著桌案。

△尋晴關心，注視著他。

尋晴：怎麼都不說話，是不是查到了什麼？

家男：（喑歎）是根本什麼也沒查到，現在反而有點膠著。

尋晴：你說清楚點。

家男：我找人查了，前不久鍾翠微確實是跟一個男人去了酒店開房，但入住是以鍾翠微的身分做登記，然後附註攜伴同住而已。

尋晴：這樣就查不到那男人的真實身分了。

家男：線索到這裡就斷了，我不甘心。

△尋晴看向窗外，思索再思索，然後忽喃喃自語了起來。

尋晴：要找一個人，除了登報、想辦法弄到電話號碼，還能有什麼方式呢？

家男：登報、打電話，那也要是以對方願意被找到為前提啊。

她二話不說，直接將包包裡的筆電取出，開機。

他起身，挪動身子來到尋晴身邊坐下，和她一起注視著螢幕。

她於搜尋引擎輸入「查家男」三字按了Enter，相關的蒐尋條列出現於螢幕。

他說道：「直接按圖片搜尋。」

於是她按了圖片搜尋，果真有很多家男相關的照片圖片顯現。

兩人一張張圖片瀏覽，他看見其中一張很陌生的照片，以食指指著。「點擊這張圖片。」

她動作，點進去一看，是一個Facebook。「是臉書耶。」

那臉書頁面的發文，照片標註了許多人，且文案寫道：「尾牙之夜，且看周政君模仿的百貨業男神『查家男』如何魅惑眾生」。周政君西裝筆挺地與其他同事合影，果真與家男有九分相似。

她忍俊不住地笑了出來，但，是有點憋在肚子裡頭笑的模樣。

他狐疑地瞅她一眼，有點抗議的神情。「笑什麼？」

「喏，人家不是寫著『查家男魅惑眾生』嗎？」

他的眼神顯然十分抗議。

她隨即噤聲正色，避開他的眼神。

「點進周政君的臉書看看。」

她動作，點進去，赫見許多周政君的照片，真與家男十分相似。「人已經找到了，但要用什麼理由跟他取得聯繫呢。」

「既然他這麼喜歡模仿我，那就以這個理由與他聯絡。」

尋晴：所以我們應該⋯⋯「暗中尋訪」？

△家男忽靈光雯現，恍然一笑。

家男：可以利用網路搜索。

尋晴：網路？（眼神一亮）查總，不妨以你的名字Google一下，畢竟那人跟你很相像，搞不好也曾模仿過你什麼的。

家男：（笑）心有靈犀。

△尋晴二話不說，直接將包包裡的筆電取出，開機。

△家男起身，挪動身子來到尋晴身邊坐下，和她一起注視著螢幕。

△尋晴於搜尋引擎輸入「查家男」三字按了Enter，相關的蒐尋條列出現於螢幕。

家男：直接按圖片搜尋。

△於是尋晴按了圖片搜尋，果真有很多家男相關的照片圖片顯現。

△兩人一張張圖片瀏覽，家男看見其中一張很陌生的照片，以食指指著。

家男：點擊這張圖片。

△尋晴動作，點進去一看，是一個Facebook。

尋晴：是臉書耶。

△特寫螢幕上的臉書，照片標註了許多人，且文案寫道：「尾牙之夜，且看周政君模仿的百貨業男神『查家男』如何魅惑眾生」。所PO照片是周政君西裝筆挺與其他同事的合影，果真與家男有九分相似。

△尋晴忍俊不住地笑了出來，但，是有點憋在肚子裡頭笑的模樣。

△家男狐疑地瞅她一眼，有點抗議的神情。

家男：笑什麼？

「你的意思是，假裝要請他模仿演出？」
「正解。」
「你要親自傳私訊給他嗎？」
「當然不是，」他強調，且定定地注視著她。「是妳。」
聞言，她有些訝然地表示：「我？」
他點頭，「第一，我不方便出面，以免打草驚蛇；第二，我不玩臉書。」

◎○◎

尋晴剛洗完澡從浴室走出來，頭髮還是濕的，所以覆了一條乾毛巾。
正好手機和絃鈴聲響起，她走到桌案前取手機接聽。
家男在電話另一端問道：「尋晴，妳傳訊息給周政君了嗎？」
「傳了，他似乎很高興接到演出機會，立刻就給了我手機號碼。」
「我找朋友借了辦公室，一會兒傳地址給妳，妳就約他在那裡見面。」
「好，知道了。」她收線，安心反應。

家男背對著坐在辦公桌前的椅子上，尋晴則是坐於一旁。
一陣敲門聲響起，此時尋晴出聲回應。「請進。」
於是政君開門入內，行至尋晴眼前，朝她微笑。「妳好，我是周政君。請問，妳是艾尋晴小姐

尋晴：喏，人家不是寫著「查家男魅惑眾生」嗎？

△家男的眼神顯然十分抗議。

△尋晴正色，避開家男的眼神。

家男：點進周政君的臉書看看。

△尋晴動作，點進去，赫見許多周政君的照片，真與家男十分相似。

尋晴：人已經找到了，但要用什麼理由跟他取得聯繫呢。

家男：既然他這麼喜歡模仿我，那就以這個理由與他聯絡。

尋晴：你的意思是，假裝要請他模仿演出？

家男：正解。

尋晴：你要親自傳私訊給他嗎？

家男：當然不是，（強調）是妳。

尋晴：（訝然）我？

家男：第一，我不方便出面，以免打草驚蛇；第二，我不玩臉書。

△尋晴反應。

| | |
|---|---|
| S：89 | 景：尋晴房／家男宅客廳 |
| 時：夜 | 人：尋晴／家男 |

△尋晴剛洗完澡從浴室走出來，頭髮還是濕的，所以覆了一條乾毛巾。

△SE手機和絃鈴聲，尋晴走到桌案前取手機接聽。

△以下兩景對剪。

家男：尋晴，妳傳訊息給周政君了嗎？

尋晴：傳了，他似乎很高興接到演出機會，立刻就給了我手機號碼。

家男：我找朋友借了辦公室，一會兒傳地址給妳，妳就約他在那裡見面。

嗎？」
她起身，頷首。「是的，我是艾尋晴。周先生，你好。」
「今天見面是不是要聊一下，活動要怎麼進行？」
「周先生，其實要跟你談話的人不是我。」
他有些詫異，「那是誰？」
「是我身後的老闆。」
家男轉過身來，起身走近政君，然後摘下墨鏡。
政君見是本尊，非常震驚，已知是怎麼一回事了，轉身欲離。
家男上前，伸出手來攔住政君。
政君仍想跑，家男使勁地攔他，兩人有些肢體上的小衝突。
家男生氣地拎起政君的衣襟，肅臉怒目地注視著他。
尋晴愕然反應，有些擔憂。
家男怒道：「說！為什麼要冒充我，拍了那支性愛視頻？」
政君不想回答，別過臉去。
「只要你說實話，我保證不為難你。」
政君仍是沉默。
「你冒充我，想必受鍾翠微甚至是沈雲生的指使，他們的伎倆不是威脅就是利誘。對嗎？」
「既然你都知道，為什麼還要問我？」

尋晴：好，知道了。

△尋晴收線，安心反應。

| | |
|---|---|
| S：90 | 景：某辦公室 |
| 時：日 | 人：家男、尋晴、政君 |

△家男背對著坐在辦公桌前的椅子上，尋晴則是坐於一旁。

△SE敲門聲。

△尋晴出聲回應。

尋晴：請進。

△政君開門入鏡，行至尋晴眼前，朝她微笑。

政君：妳好，我是周政君。請問，妳是艾尋晴小姐嗎？

△尋晴起身，頷首。

尋晴：是的，我是艾尋晴。周先生，你好。

政君：今天見面是不是要聊一下，活動要怎麼進行？

尋晴：周先生，其實要跟你談話的人不是我。

政君：（詫異）那是誰？

尋晴：是我身後的老闆。

△家男轉過身來，起身走近政君，然後摘下墨鏡。

△政君見是本尊，非常震驚，已知是怎麼一回事了，於是轉身欲離。

△家男上前，伸出手來攔住政君。

△政君仍想跑，家男使勁地攔他，兩人有些肢體上的小衝突。

△家男生氣地拎起政君的衣襟，肅臉怒目地注視著他。

△尋晴愕然反應，有些擔憂。

家男：說！為什麼要冒充我，拍了那支性愛視頻？

△政君不想回答，別過臉去。

「我想知道為什麼？」

「這不該問你自己嗎？」

「什麼意思？」

「你跟沈雲生不合不是一兩天的事，很多人都知道。」

「所以，他是故意報復我？」

政君笑道：「你很聰明啊。捲走集團的款項，拍支假的性愛視頻污陷你、報復你，他沒有損失卻能搞得你雞飛狗跳。」

家男鬆開政君，替他理了理被抓皺的衣服。「你拿錢辦事，我不追究，但你必須跟我去見我的老闆。」

總裁坐於辦公桌前，正在處理公文。

敲門聲輕響，引總裁注意。他回應道：「請進。」

家男帶著政君入內，行至總裁面前。「總裁，人我帶來了。」

總裁抬起眼來，見到政君很是驚愕。他站起身來，走近政君一番端詳。「你確實跟家男長得很像，身材差不多，樣子也是。」

政君別過臉去，低頭不語。

「周政君，把你知道關於沈雲生捲走集團款項，還有拍攝假性愛視頻的事情，解釋清楚。」

政君暗歎口氣，然後對家男與總裁說道：「其實，沈雲生是透過鍾翠微找上我的，因為他們知

家男：只要你說實話，我保證不為難你。

△政君仍是沉默。

家男：你冒充我，想必受鍾翠微甚至是沈雲生的指使，他們的伎倆不是威脅就是利誘。對嗎？

政君：既然你都知道，為什麼還要問我？

家男：我想知道為什麼？

政君：這不該問你自己嗎？

家男：什麼意思？

政君：你跟沈雲生不合不是一兩天的事，很多人都知道。

家男：所以，他是故意報復我？

政君：（笑）你很聰明啊。捲走集團的款項，拍支假的性愛視頻污陷你、報復你，他沒有損失卻能搞得你雞飛狗跳。

△家男鬆開政君，替他理了理被抓皺的衣服。

家男：你拿錢辦事，我不追究，但你必須跟我去見我的老闆。

S：91　　景：總裁辦公室
時：日　　人：家男、政君、總裁

△總裁坐於辦公桌前，正在處理公文。

△SE敲門聲，引總裁注意。

總裁：請進。

△家男帶著政君入鏡，行至總裁面前。

家男：總裁，人我帶來了。

△總裁抬起眼來，見到政君很是驚愕。

△總裁站起身來，走近政君一番端詳。

總裁：你確實跟家男長得很像，身材差不多，樣子也是。

△政君別過臉去，低頭不語。

道我善於模仿查家男……」

家男與總裁仔細地聆聽政君的說明。

◎○◎

微星百貨大辦公室，家男西裝筆挺入內，昂首闊步地走向所有人。所有同仁見是家男，大多陸續地起身朝他行禮問安。同仁們此起彼落地對家男問候：「總經理，早。」

家男自信滿滿，朝每個向他問安的人頷首微笑。接著，他便往自己辦公室的方向走去。

家男開門入內，走到自己的辦公桌前坐下。

家男瞥見一隅有把傘，是尋晴所還給他的那一把。他取過傘來細細地凝視，心下想道：「沈雲生捲款事件，警方調查以後還我清白。周政君也證明了所有一切。在我最需要協助的時候，所有人不相信我，就連昔日那些與我有過感情的女人也都與我保持距離。只有尋晴，她選擇相信，而且陪我一起解決了這件事情。」

他微笑，將傘放在辦公桌上的一角，然後打開筆電開始公忙。

◎○◎

微星百貨書店廣場所有女粉絲往前，依序一一地排隊拿著書本讓家男簽名，或手機拍攝現場實

家男：周政君，把你知道關於沈雲生捲走集團款項，還有拍攝假性愛視頻的事情，解釋清楚。

政君：（暗歎口氣）其實，沈雲生是透過鍾翠微找上我的，因為他們知道我善於模仿查家男……

△家男與總裁仔細地聆聽政君的說明。

△Fade out.

| | |
|---|---|
| S：92 | 景：微星百貨大辦公室 |
| 時：日 | 人：家男、環境人物 |

△家男西裝筆挺入鏡，昂首闊步地走向所有人。

△所有同仁見是家男，大多陸續地起身朝他行禮問安。

同仁們：（此起彼落）總經理，早。

△家男自信滿滿，朝每個向他問安的人頷首微笑。

△家男往自己辦公室的方向走去。

| | |
|---|---|
| S：93 | 景：總經理辦公室 |
| 時：日 | 人：家男 |

△辦公室主觀鏡頭，家男開門入鏡，走到自己的辦公桌前坐下。

△家男瞥見一隅有把傘，是尋晴所還給他的那一把。

△INS：S-59家男雨中遞傘借給尋晴，以及S-61她還他傘時的畫面。

△畫面回本場，家男取過傘來細細地凝視。

家男：（OS）沈雲生捲款事件，警方調查以後還我清白。周政君也證明了所有一切。在我最需要協助的時候，所有人不相信我，

況，或與家男合影，氣氛十分熱絡。

此時，水雲華麗現身，捧著一大束紅色玫瑰來到長桌前遞予家男。所有人看見水雲，全都騷動起來，媒體的鎂光燈有部分集中在她身上。尋晴見水雲驟然現身，瞭然一笑，然後轉身離開簽書會的現場。

家男看去，見尋晴轉身離開，有些愴然失落反應。他心下想道：「尋晴，為什麼所有女孩都奔向我，但我唯獨看見且記在心上的，竟是轉身離去的妳？」

簽書會活動仍持續地進行中，家男埋首於書堆之中不停地簽名。

微星百貨二樓室內天井欄杆前，水雲與家男並肩而立，看向一樓流動的人潮。

水雲雙手置於欄杆上，笑了，撇過臉去看向家男。「恭喜你，簽書會很成功。」

「謝謝妳。」

「過了今天，或許以後我們見面的機會就更少了。」

他有些狐疑不解地注視著她。

她的目光仍直視一樓，「家男，我們這一次，澈底分手了吧。」

他聞言，有些愴然，失笑反應。

「五年來分分合合這麼多次，彼此浪費時間、消耗感情，我真不覺得還有什麼意義。」

他的表情很是憂鬱，但那種憂鬱看不出是否傷心。他注視著一樓好久好久，之後才轉過臉來凝睇她。「妳確定嗎？」

就連昔日那些與我有過感情的女人也都與我保持距離。只有尋晴，她選擇相信，而且陪我一起解決了這件事情。

△家男微笑，將傘放在辦公桌上的一角，然後打開筆電開始公忙。

△Fade out.

| | |
|---|---|
| S：94 | 景：微星百貨書店廣場 |
| 時：日 | 人：家男、尋晴、水雲、工作人員若干、媒體、粉絲衆 |

△所有女粉絲往前，依序一一地排隊拿著書本讓家男簽名，或手機拍攝現場實況，或與家男合影，氣氛十分熱絡。

△此時，水雲華麗現身，捧著一大束紅色玫瑰來到長桌前遞予家男。

△所有人看見水雲，全都騷動起來，媒體的鎂光燈有部分集中在她身上。

△尋晴見水雲驟然現身，瞭然一笑，然後轉身離開簽書會的現場。

△家男匆匆一瞥，見尋晴轉身離開，有些愴然失落反應。

家男：（OS）尋晴，為什麼所有女孩都奔向我，但我唯獨看見且記在心上的，竟是轉身離去的妳？

△簽書會活動仍持續地進行，家男埋首於書堆之中不停地簽名。

△Fade out.

「確定了，不會再改變。曾試著十天不聯繫你，想看看自己會有如何反應，但我發現自己一腔心思都在工作上，很少想起你，也不覺得沒有聯繫你有什麼大不了。」

他失笑，「我竟輸給了妳的工作、妳的事業。」

「不是你的問題。我很清楚自己不適合人妻人母的角色，所以拿掉你的孩子，一心一意在事業上衝刺。有不少女人渴望愛情與婚姻、期待孩子的到來，但這其實只是環境與世俗建構了人母傾向。」

他聞言，忽又轉為憂鬱的神情。

「你像一陣風，不為任何人停留，我沒把握能將風給抓在手心裡。況且，你也不是真這麼想結婚吧？」

他沉吟，「好，尊重妳的決定。」

「雖然分手以後，對你我還是有所眷戀，但，就升華成為真正的朋友吧。」

他愴然笑，「那，之前談要合作的案子？」

「你的事情已經查清楚了，當然可以繼續進行。」她上前，給家男一個擁抱。

他拍拍她的背脊，自我調侃式地一笑。

◎○◎

晚萩與好朋友一起用餐。

晚萩與尋晴一起閱讀、談天、喝咖啡。

| | |
|---|---|
| S：95 | 景：微星百貨二樓室內天井欄杆前 |
| 時：日 | 人：家男、水雲、環境人物 |

△水雲與家男並肩而立，在欄杆前看向一樓流動的人潮。

△水雲雙手置於欄杆上，笑了，撇過臉去看向家男。

水雲：恭喜你，簽書會很成功。

家男：謝謝妳。

水雲：過了今天，或許以後我們見面的機會就更少了。

△家男有些狐疑不解地注視著水雲。

水雲：（目光仍直視一樓）家男，我們這一次，澈底分手了吧。

△家男聞言，有些愴然，失笑反應。

水雲：五年來分分合合這麼多次，彼此浪費時間、消耗感情，我真不覺得還有什麼意義。

△家男的表情很是憂鬱，但那種憂鬱看不出是否傷心。他注視著一樓好久好久，之後才轉過臉來凝睇水雲。

家男：妳確定嗎？

水雲：確定了，不會再改變。曾試著十天不聯繫你，想看看自己會有如何反應，但我發現自己一腔心思都在工作上，很少想起你，也不覺得沒有聯繫你有什麼大不了。

家男：（失笑）我竟輸給了妳的工作、妳的事業。

水雲：不是你的問題。我很清楚自己不適合人妻人母的角色，所以拿掉你的孩子，一心一意在事業上衝刺。有不少女人渴望愛情與婚姻、期待孩子的到來，但這其實只是環境與世俗建構了人母傾向。

△家男聞言，忽又轉為憂鬱的神情。

水雲：你像一陣風，不為任何人停留，我沒把握能將風給抓在手心裡。況且，你也不是真這麼想結婚吧？

尋晴與小艾、小咪、家萱，閨蜜四人一起於客廳裡女人對話，十分自在開心。

水雲埋首於案牘，努力認真而又專注地處理工作上的各項事情。

水雲畫眉、夾睫毛上睫毛膏、塗脣膏，然後精心穿衣打扮，在穿衣鏡前展現身姿，自信美麗。

晚萩獨自一人，漫步在綠草如茵的綠地上。她抬眼望天，思索著。「誰說只有談戀愛或結婚才能遠離寂寞？若是兩個不對的人在一起，兩個人的寂寞將會更為寂寞。形體的孤獨不可怕，可怕的是心靈上的孤寂。滋養心靈的並非只有愛情，如果妳懂得如何安排自己，那麼即使沒有愛情，妳仍能天天處於好心情。」

家男：（沉吟）好，尊重妳的決定。

水雲：雖然分手以後，對你我還是有所眷戀，但，就升華成為真正的朋友吧。

家男：（愴然笑）那，之前談要合作的案子？

水雲：你的事情已經查清楚了，當然可以繼續進行。

△水雲上前，給家男一個擁抱。

△家男拍拍水雲的背脊，自我調侃式地一笑。

△Fade out.

S：96　景：雜景
時：日　人：尋晴、小艾、小咪、家萱、水雲、晚萩、好友若干

△Fade in.

△黑白畫面處理，晚萩與好朋友一起用餐。

△晚萩與尋晴一起閱讀、談天、喝咖啡。

△尋晴與小艾、小咪、家萱，閨蜜四人一起於客廳裡女人對話，十分自在開心。

△水雲埋首案牘，努力認真而又專注地工作。

△水雲畫眉、夾睫毛上睫毛膏、塗唇膏，然後精心穿衣打扮，在穿衣鏡前展現身姿，自信美麗。

△以上畫面，搭以下晚萩OS呈現。

晚萩：（OS）誰說只有談戀愛或結婚才能遠離寂寞？若是兩個不對的人在一起，兩個人的寂寞將會更為寂寞。

形體的孤獨不可怕，可怕的是心靈的孤寂。滋養心靈的並非只有愛情，如果妳懂得如何安排自己，那麼即便沒有愛情，妳仍能天天處於好心情。

△畫面全黑。

△上字幕：「女人三十可以不寂寞」。

△Fade out.

# 尾聲｜女人三十可以不寂寞

茶書院裡，家男坐於桌位前，一旁窗戶射進柔和的光線將他簇擁，他的神情很是輕鬆愉悅。他注視著腕上的手錶，又往外頭瞧去，似乎是在等人。

店門口大門被打開，一雙穿著高跟鞋搭小喇叭牛仔褲的女人的腳踩進店裡。女人緩慢地來到家男的桌位前。

家男意識到女人站在面前，抬眼注視著她，見是尋晴。

稍後，家男與尋晴彼此對坐正在喝茶，邊喝邊說話。

「尋晴，」他為她斟茶，「想跟妳說一件事情。」

「你說。」

「我跟酈水雲，已經分手了。」

聞言，她一臉訝然。「為什麼？」

他擱下茶壺，「五年來已經分合很多次了，我跟她之間本來就有很多問題。」

「那，你還好嗎？」

他失笑，「又不是第一次，不過還是有點感傷，畢竟在一起這麼久了。」

她不知該說些什麼才好，只能低頭喝著杯裡的茶湯。

「不知道妳會不會覺得我很唐突，即使會，我還是要說。」

她注視著他，似乎瞭解他想說的是什麼，於是別開臉去看向窗外。

他伸出手來，搭在她的手上，當他的手心觸及她的手背時，她有些微微顫動。

「可不可以，給我一個機會，讓我們能有一個開始？」

| | |
|---|---|
| S：97 | 景：永康茶書院 |
| 時：日 | 人：尋晴、家男、環境人物 |

△家男坐於桌位前，一旁窗戶射進柔和的光線將他簇擁，他的神情很是輕鬆愉悅。他看向腕上的手錶，又往外頭瞧去，似乎是在等人。

△店門口大門被打開，一雙穿著高跟鞋搭小喇叭牛仔褲的女人的腳入鏡。女人拉背，鏡頭跟在她身後緩慢地來到家男的桌位前。

△家男意識到女人站在面前，抬眼主觀視線注視著她，見是尋晴。

△鏡頭一轉，家男與尋晴彼此對坐正在喝茶，邊喝邊說話。

家男：尋晴，想跟妳說一件事情。

尋晴：你說。

家男：我跟酈水雲，已經分手了。

尋晴：（訝然）為什麼？

家男：五年來已經分合很多次了，我跟她之間本來就有很多問題。

尋晴：那，你還好嗎？

家男：（失笑）又不是第一次，不過還是有點感傷，畢竟在一起這麼久了。

△尋晴不知該說些什麼才好，只能低頭喝著杯裡的茶湯。

家男：不知道妳會不會覺得我很唐突，即使會，我還是要說。

△尋晴注視著家男，似乎瞭解他想說的是什麼，於是別開臉去看向窗外。

△家男伸出手來，搭在尋晴的手上。尋晴反應。

家男：可不可以，給我一個機會，讓我們能有一個開始？

△尋晴沒有說話，亦未注視他，只若有所思反應。

她沒有說話，亦未注視他，只若有所思反應。

他緊了緊她的手，凝睇著她。

她轉過臉來，凝望著他，眼底泛起絲絲不解。「為什麼是我？難道只是因為我在你低潮的時候陪在你身邊？」

「這是原因之一，其實沈雲生事件之前我已經喜歡妳了。所以，這不是一時衝動，而我也想了很久。如果妳真想問為什麼，我只能說妳很不一樣，而且妳與我很契合。」

「那酈水雲呢，她不契合嗎？」

「因誤會而相戀，因瞭解而分開。」

她深吸了口氣以後，又緩緩地吐出，仍一臉思索反應。她凝睇著他，眼神幾乎閃耀著光芒。他眼裡亦僅有她。

時間彷若凍結，就此停留在兩人彼此的眼神交流間。

稍後，她有一絲痛楚浮潛於眉宇之間，她屏息凝神終有決定。「查總，對不起。」

他不解，「為什麼？雖然妳什麼都沒有表示，但直覺告訴我，妳喜歡我。」

她微笑，「有些情愫，放在心底，才會一生一世鮮麗如昔。因為，他不適合落實在現實生活的場景裡。」

他仍不明白她所言，究竟是何意義，他的眼裡充滿著困惑。

「我只跟你說一句話，而且，只說一次。」

他一臉沉靜，正等待著她所要說的話。

△家男緊了緊尋晴的手，主觀視線凝睇著她。

△她轉過臉來，凝望著他，眼底泛起絲絲不解。

尋晴：為什麼是我？難道只是因為我在你低潮的時候陪在你身邊？

家男：這是原因之一，其實沈雲生事件之前我已經喜歡妳了。所以，這不是一時衝動，而我也想了很久。如果妳真想問為什麼，我只能說妳很不一樣，而且妳與我很契合。

尋晴：那酈水雲呢，她不契合嗎？

家男：因誤會而相戀，因瞭解而分開。

△尋晴深吸了口氣以後，又緩緩地吐出，仍一臉思索反應。

△尋晴凝睇著家男，眼神幾乎閃耀著光芒。家男眼裡亦僅有她。

△時間彷若凍結，鏡頭畫面定格在兩人彼此的眼神交流間。

△稍後，尋晴有一絲痛楚浮潛於眉宇之間，她屏息凝神終有決定。

尋晴：查總，對不起。

家男：（不解）為什麼？雖然妳什麼都沒有表示，但直覺告訴我，妳喜歡我。

尋晴：（微笑）有些情愫，放在心底，才會一生一世鮮麗如昔。因為，他不適合落實在現實生活的場景裡。

△家男仍不明白尋晴所言，究竟何義，他的眼裡充滿著困惑。

尋晴：我只跟你說一句話，而且，只說一次。

△家男一臉沉靜，正等待著她所要說的話。

尋晴：我愛你，但我要和你分離，只有分離我們才能永遠。

△家男似乎明白尋晴所言，但並不是那麼的確定，隨後轉為愴然。

△Fade out.

「我愛你，但我要和你分離，只有分離我們才能永遠。」

他似乎明白她所言，但並不是那麼的確定，隨後轉為愴然。終於有一個女生，讓他想停留在她身邊憩息，想與她一起走下去，甚若可能的話，將是一生一世的那種想望。有別於其他段情感，既非歡騰亦非熱烈精彩，她宛若山中一泓清澗能令他沉澱靜思、去塵垢，重要的是兩人之間的互補性，然而此時此刻他卻無法留住她。這將會是自己一生唯一的一個遺憾嗎？

◎○◎

于士自從對尋晴產生了遐想，發生精神出軌的小插曲以後，對於自己對尋晴話語的斷章取義，以及自己著魔似地想要婚外情一事，感到有些愧疚。尤其尋晴是自己大學時期的好同學，雖說往昔確實曾對她有些著迷，但那畢竟都已是過去的事情了。如今自己的舉動，讓兩人的關係變得有點混濁甚至是尷尬，幸好尋晴將一切釋懷，因此兩人仍能維持往日友好的同窗情誼，絲毫不曾改變。

他細細地思索，其實自己並非不愛妻子，只是已婚的身分，迫著自己必須放棄許多單身時期的權益，必須事事以家庭妻子與兒女為主，甚至除了工作以外的時間全都奉獻給了家庭，與妻子之間似乎除了義務以外，再也沒有什麼情愛的感覺了。他覺得有些窒息，因此有了想出逃的念頭罷了。

精神出軌以後，連自己也覺得不可思議。好在尋晴替他懸崖勒馬，他聽進尋晴的意見，決心要好好與妻子經營彼此的婚姻。此後，他與小艾商議，每週週末一到便將兩孩子帶回娘家，交予父母，然後約會看電影去。有時候，他與小艾會手挽著手，漫步在綠草如茵的大自然裡，邊散步邊呢喃細語。又或者夫妻倆相偕逛街，手裡提著一兩袋戰利品，重溫婚前情侶階段的熱戀感覺。他們也

| | |
|---|---|
| S：98 | 景：雜景 |
| 時：日 | 人：小艾、于士、小艾父母、兩名小孩、環境人物 |

△Fade in.

△于士與小艾將兩個孩子帶回娘家，交予父母，然後約會去。

△于士與小艾手挽著手，漫步在綠草如茵的大自然。

△于士與小艾相偕逛街，手裡提著一兩袋戰利品。

△于士與小艾於餐館裡相視而坐，很是甜蜜地用餐。于士為小艾挾菜，甚至貼心地餵她美食，儼然情侶一般。

△于士與小艾去住小木屋，趴在床鋪上聊天談心。

△于士與小艾，一同揹著行囊去旅行。

△于士出差以後回到家，小艾開門，上前迎接並擁抱著他。

△以上畫面搭以下尋晴的OS呈現。

尋晴：（OS）那次懇談之後，于上的心終於回歸家庭。他與小艾開始試著將婚姻經營成戀愛的模式與氛圍，他們會在每週五將孩子帶回娘家給父母親帶，然後去約會、逛街、吃飯、一起聊天，分享日常，或者是結伴旅行，享受完全的兩人世界。又或是定期小別，營造別後勝新婚的浪漫美感。

| | |
|---|---|
| S：99 | 景：雜景 |
| 時：日 | 人：水雲、工作夥伴若干 |

△水雲與工作夥伴開會，夥伴依著螢幕上的PPT講解企劃案，水雲專注地聆聽。

△水雲同與會所有夥伴，一起用餐。

△水雲坐於辦公桌筆電前，正專心地處理公務。

△水雲巡視百貨公司裡，自有品牌的化妝品專櫃，櫃姐正向

曾於餐館裡相視而坐，很是甜蜜地用餐。他為她挾菜，甚至貼心地餵她美食，儼然重新戀愛一般。他們會試著一個月裡分開小住數日，讓彼此皆有屬於自己的時間與空間。

若是遇有連假假期，他們會於假期之前先規劃好國內的短程旅遊，夫妻倆一同去住小木屋，趴在床鋪上聊天談心。或者揹著行囊，開著休旅車進行為期數天數夜的環島旅行。若遇有于士出差以後回家，小艾則會精心地準備豐盛的餐點以迎接他，同時一併小酌，增其二人情趣。

尋晴知情于士與小艾之間的狀況以後，為他們感到非常開心。

◎○◎

水雲分手以後，生活完全沒有傷痛，反倒比以前更加精彩。她與工作夥伴開會，夥伴依螢幕上的ＰＰＴ講解企劃案，水雲專注地聆聽。水雲同與會所有夥伴，一起用餐。水雲坐於辦公桌筆電前，正認真專注地處理公務。她巡視百貨公司裡，自有品牌的化妝品專櫃，櫃姐正在向她做報告。有時，她會撥冗開車在濱海公路上快意地馳騁，打開車窗微風吹拂很是舒暢。又或者獨自一人於氛圍極佳的餐館裡，享受豐盛的餐點與美酒，很是愜意。

她依然單身，且樂於享受這樣單身貴族的生活。她深諳工作與生活之間的分際，除了認真努力地工作以外，也懂得享受生活，並且寵愛自己。

◎○◎

三年後。Buffet餐廳外，一片金光燦爛，無比明媚。

她做報告。

△水雲開車在濱海公路上快意地馳騁，微風吹拂很是舒暢。

△水雲獨自一人享受餐點與美酒，很是愜意。

△以上畫面搭以下尋晴OS呈現。

尋晴：（OS）與家男分手以後的水雲，全然沒有失戀女子的憔悴與情傷，工作讓她變得更加美麗且神彩飛揚，進而充滿著更多自信與卓越的風采。她依舊單身，且樂於享受這樣單身貴族的生活。她深諳工作與生活之間的分際，除了認真努力工作以外，也懂得享受生活，並且寵愛自己。

| | |
|---|---|
| S：100 | 景：Buffet 餐廳／雜景 |
| 時：日 | 人：尋晴、家男、家萱、小咪、環境人物 |

△上字幕：三年後。

△Buffet餐廳外觀日空鏡。

△尋晴、家男、家萱與小咪一同走進餐廳裡。

△四人坐定，正在享用美食，彼此舉杯碰杯，開心地喝著啤酒。

△家萱與小咪吃完了食物，起身去取。

△尋晴也隨著起身，去取食。

△鏡頭一轉，家男取食，逛到尋晴身旁。

△家男與尋晴邊聊天，邊挑選自己所喜歡的食物放進餐盤裡。

家男：方才家萱與小咪吵死了，嘰嘰喳喳個沒完，都不能好好跟妳說兩句話。

尋晴：（笑）她們一直都是這樣子的啊。

家男：妳最近好嗎？

尋晴：忙出版社的工作，還有學校功課。

尋晴、家男、家萱與小咪一同走進餐廳裡。
四人坐定，正在享用美食，彼此舉杯碰杯，很是開心地喝著啤酒。
家萱與小咪吃完了食物，起身去取。尋晴也隨著起身，離開位置取食去。
稍後家男取食，逛到尋晴身旁。
家男與尋晴邊聊天，邊挑選自己所喜歡的食物放進餐盤裡。「方才家萱與小咪吵死了，嘰嘰喳喳個沒完，都不能好好跟妳說兩句話。」
她笑，「她們一直都是這樣子的啊。」
「妳最近好嗎？」
「忙出版社的工作，還有學校功課。」
「畢業以後會在大學教書吧？」
她點頭，「嗯，應該會。」
「能有個在大學教書的朋友，很榮幸。」
她側頭注視，笑。「那我是不是也要說，有個百貨公司總經理的朋友，很榮幸？」
他自我調侃，「總經理有什麼用，還不是情場失意？」
「是嗎？記得你應該是叱吒風雲無敵手。」
「以前是，但後來呢，」他暗喻，「就踢到了鐵板啦。」
她看了他一眼，邊取食放進盤子裡邊微笑。「沒交新女朋友？」
「目前單身中，想好好沉澱自己，但其實也沒遇見心儀的人。妳呢？」

家男：畢業以後會在大學教書吧？

尋晴：（點頭）嗯，應該會。

家男：能有個在大學教書的朋友，很榮幸。

尋晴：（側頭注視，笑）那我是不是也要說，有個百貨公司總經理的朋友，很榮幸？

家男：（自我調侃）總經理有什麼用，還不是情場失意？

尋晴：是嗎？記得你應該是叱吒風雲無敵手。

家男：以前是，但後來呢，（暗喻）就踢到了鐵板啦。

△尋晴看了他一眼，邊取食放進盤子裡邊微笑。

尋晴：沒交新女朋友？

家男：目前單身中，想好好沉澱自己，但其實也沒遇見心儀的人。妳呢？

尋晴：光是工作跟功課壓力就讓我喘不過氣來，哪有時間？

家男：（俏皮問）那我還有機會囉？如果寂寞，要把我放在第一順位喔。

△尋晴只是笑，繼續取食，並不承諾。

家男：（自我調侃，一語雙關）唉，要交女朋友真難，之前的記錄太多，好女生都害怕我。

△家男邊說邊竊竊地瞥向尋晴。

尋晴：（睨）這叫做……自・做・自・受。

△家男伸手彈了一下尋晴的額頭，尋晴吃痛唉喲一聲。

△兩人相視而笑。

△尋晴、家男、家萱、小咪用餐，喝啤酒聊天各個角度的畫面。

△尋晴工作；搭乘捷運；筆電寫作；教室裡與教授、同學的互動；學校裡教書與學生的互動。以上畫面，搭底下OS呈現。

尋晴：（OS）城市裡，有許多單身未婚的男男女女，每個人單身的

「光是工作跟功課壓力就讓我喘不過氣來，哪有時間？」

聞言，他俏皮地問道：「那我還有機會囉？如果寂寞，要把我放在第一順位喔。我說真的。」

她只是笑，繼續取食，並不承諾。

見狀，他復又自我調侃，且一語雙關。「唉，要交女朋友真難，之前的記錄太多，好女生都害怕我。」他邊說邊竊竊地瞥向她。

她笑睨了他一眼，說道：「這叫做……自•做•自•受。」

他伸手彈了一下她的額頭，她吃痛唉喲一聲。

兩人相視而笑。

尋晴回到位置上，邊喝咖啡邊看向窗外，一番思索：城市裡，有許多單身未婚的男男女女，每個人單身的原因不盡相同。熟女單身，是因為有了愛情閱歷以後仍未遇見對的人，成熟獨立有經濟基礎的她們懂得隨緣順緣、毫不強求。輕熟女或輕熟男單身，是因為失戀或是遇不見適合的對象。或有因原生家庭的擔子，或因工作，或因受傷以後害怕愛情……。總之，不論如何，就算單身也是一種選擇，既然選擇了就無怨無悔，並且要試著比以前對自己更好。如果真沒遇見對的人，那麼或許可以學《清秀佳人》小說裡的馬修與馬莉拉，兄妹倆彼此作伴到老，或是像晚萩姐所說的那樣，幾個好姐妹相約，另類成家也不錯。

◎○◎

攝影棚背景板垂落下來，前面置放一張沙發，尋晴坐於其上面對著採訪者，再往前看，架設有

原因不盡相同。熟女單身，是因為有了愛情閱歷以後仍未遇見對的人，成熟獨立有經濟基礎的她們懂得隨緣順緣、毫不強求。輕熟女或輕熟男單身，是因為失戀或是遇不見適合的對象。或有因為原生家庭的擔子，或因工作，或因受傷以後害怕愛情……總之，不論如何，就算單身也是一種選擇，既然選擇了就無怨無悔，並且要試著比以前對自己更好。如果真沒遇見對的人，那麼或許可以學《清秀佳人》小說裡的馬修與馬莉拉，兄妹倆彼此作伴到老，或是像晚萩姐所說的那樣，幾個好姐妹相約，另類成家也不錯。

△畫面全黑。

△Fade out.

| | |
|---|---|
| S：101 | 景：攝影棚 |
| 時：日 | 人：尋晴、家男、于士、水雲、晚萩、採訪者、攝影師、燈光師 |

△Fade in.

△背景板垂落下來，前面置放一張沙發，尋晴坐於其上面對著採訪者，前有攝影機正在錄影。要很明顯地展示，正在錄影的狀態。

訪者：可不可以談一下，妳對於「艾尋晴」這個角色的解讀？

尋晴：嗯……其實她是一個很簡單的女生，在愛情上會很重視精神層次，屬於比較心靈至上的人。她所追求的伴侶，是一個不用言語就能懂她的人，與她之間有共同的話題、興趣，能夠一起逐夢的男人。

訪者：會覺得她不像是生活在現實世界裡的人嗎？

尋晴：其實不會耶，她對愛情的標準只是比較非世俗，但她還是很

一臺攝影機正在錄影。

訪者問道：「可不可以談一下，妳對於『艾尋晴』這個角色的解讀？」

尋晴說道：「嗯……其實她是一個很簡單的女生，在愛情上會很重視精神層次，屬於比較心靈至上的人。她所追求的伴侶，是一個不用言語就能懂她的人，與她之間有共同的話題、興趣，能夠一起逐夢的男人。」

「會覺得她不像是生活在現實世界裡的人嗎？」

「其實不會耶，她對愛情的標準只是比較非世俗，但她還是很認真地在做自己喜歡的工作，甚至是念書，也渴望婚姻與家庭。我個人覺得，尋晴應該是一個比較淒美主義的女生，或許是念文學而且寫作的緣故，很多事物所追求的都是含蓄美，所以在愛情上理所當然也是如此。」

「那妳認為，為什麼最後她並沒有接受『查家男』的感情？」

「就像我所說的，她是個淒美主義者。對她而言，『查家男』像是天邊一顆璀璨的星星，也像『鄺水雲』所曾說過的，像是一陣風而不會為任何人停留，她其實並沒有把握能夠真正地留住他。最美麗的事物，不去擁有它，那麼它就會永遠停留在最美好的回憶裡而永不褪色，這是一種很淒美的感覺。但我覺得其實尋晴很聰明，她希望自己能夠永遠被查家男記住，鑿刻在心版上，所以才會婉拒了他的追求。」

※　※　※

認真地在做自己喜歡的工作，甚至是念書，也渴望婚姻與家庭。我個人覺得，尋晴應該是一個比較淒美主義的女生，或許是念文學而且寫作的緣故，很多事物所追求的都是含蓄美，所以在愛情上理所當然也是如此。

訪者：那妳認為，為什麼最後她並沒有接受「查家男」的感情？

尋晴：就像我所說的，她是個淒美主義者。對她而言，「查家男」像是天邊一顆璀璨的星星，也像「酈水雲」所曾說過的，像是一陣風而不會為任何人停留，她其實並沒有把握能夠真正地留住他。最美麗的事物，不去擁有它，那麼它就會永遠停留在最美好的回憶裡而永不褪色，這是一種很淒美的感覺。但我覺得其實尋晴很聰明，她希望自己能夠永遠被「查家男」記住，鑿刻在心版上，所以才會婉拒了他的追求。

※　※　※

△家男坐在沙發上，接受採訪者的訪問。

訪者：拿到劇本，確定要演「查家男」這角色時，會很掙扎嗎？

家男：（笑）其實不會耶，因為讀劇本的時候對於「查家男」這角色的解讀，真的就像劇本裡所說的，是個「渣亦有道，渣而不爛」的暖渣。哈哈——

訪者：那你是否曾經思考過，為什麼「查家男」會一直想要典藏不同的女人？

家男：自命風流倜儻是一定有的，但更多時候我覺得他其實並不清楚自己想要的究竟是什麼樣的女人。在他身邊的女人大多是家世好、學歷高、長得美、氣質佳、有能力，他也一直以為，只有這種女人才能配得上他。

訪者：但是，在他遇見「艾尋晴」以後，情形完全不一樣了。

家男坐在沙發上，接受採訪者的訪問。

訪者問道：「拿到劇本，確定要演『查家男』這角色時，會很掙扎嗎？」

家男笑道：「其實不會耶，因為讀劇本的時候對於『查家男』這角色的解讀，真的就像劇本裡所說的，是個『渣亦有道，渣而不爛』的暖渣。哈哈——」

「那你是否曾經思考過，為什麼『查家男』會一直想要典藏不同的女人？」

「自命風流倜儻是一定有的，但更多時候我覺得他其實並不清楚自己想要的究竟是什麼樣的女人。在他身邊的女人大多是家世好、學歷高、長得美、氣質佳、有能力，他也一直以為，只有這種女人才能配得上他。」

「但是，在他遇見『艾尋晴』以後，情形完全不一樣了。」

「是啊。『艾尋晴』也有很好的條件，但不同的是，她的家世比起其他家男所曾愛過的那些女人來說，相對是比較平凡的，可她的性情跟家男又是比較適合的，因為不會太過強悍或者是小姐脾氣，相處起來確實是會比較舒服。而且家男要查清楚沈雲生事件的同時，他跟尋晴的想法是很接近的，所以那時他說了一句臺詞——『心有靈犀』。然後我覺得呢，一個女人願意以智慧判斷之後來相信一個男人，對這男人而言其實是很重要的。」

「那你覺得像家男這樣處處留情，愛每一種風貌女人的男人，有可能會像電影裡面所演的那樣，最後只喜歡『艾尋晴』一個女生嗎？」

「當然有可能。亂愛的時候是不清楚自己想要的究竟是什麼，一旦定下心來，肯定是很清楚自己的追求。『艾尋晴』對他而言，算是一個對的人。而且說真的，一直不停在不同女人身邊流轉，

家男：是啊。「艾尋晴」也有很好的條件，但不同的是，她的家世比起其他家男所曾愛過的那些女人來說，相對是比較平凡的，可她的性情跟家男又是比較適合的，因為不會太過強悍或者是小姐脾氣，相處起來確實是會比較舒服。而且家男要查清楚沈雲生事件的同時，他跟尋晴的想法是很接近的，所以那時他說了一句臺詞——「心有靈犀」。然後我覺得呢，一個女人願意以智慧判斷之後來相信一個男人，對這男人而言其實是很重要的。

訪者：那你覺得像家男這樣處處留情，愛每一種風貌女人的男人，有可能會像電影裡面所演的那樣，最後只喜歡「艾尋晴」一個女生嗎？

家男：當然有可能。亂愛的時候是不清楚自己想要的究竟是什麼，一旦定下心來，肯定是很清楚自己的追求。「艾尋晴」對他而言，算是一個對的人。而且說真的，一直不停在不同女人身邊流轉，時日久了其實會很累。只有花叢中玩遍了的男人，才會想要扎根擁有生活的小確幸，也才不容易再一次地暈船。

※　※　※

△于士坐在沙發上，接受採訪者的訪問。

訪者：對你來說，你會認為「鍾于士」這角色是一個渣男嗎？

于士：其實應該不完全是耶，他雖然精神出軌，但事實上並不是一個不愛妻兒的男人，可能是因為婚姻的無趣讓他生厭，他又斷章取義了昔日喜歡的女生所說的話。人非聖賢啊，誰能不犯錯？我覺得勇於在犯錯之後檢討自己的人，最是精神可嘉。而且最後他也聽進尋晴的話，用心去經營婚姻，營造驚喜與戀愛的感覺，所以他其實並沒有那麼的壞。

時日久了其實會很累。只有花叢中玩遍了的男人，才會想要扎根擁有生活的小確幸，也才不容易再一次地暈船。」

※　※　※

于士坐在沙發上，接受採訪者的訪問。

訪者問道：「對你來說，你會認為『鍾于士』這角色是一個渣男嗎？」

于士回道：「其實應該不完全是耶，他雖然精神出軌，但事實上並不是一個不愛妻兒的男人，可能是因為婚姻的無趣讓他生厭，他又斷章取義了昔日喜歡的女生所說的話。人非聖賢啊，誰能不犯錯？我覺得勇於在犯錯之後檢討自己的人，最是精神可嘉。而且最後他也聽進尋晴的話，用心去經營婚姻，營造驚喜與戀愛的感覺，所以他其實並沒有那麼的壞。」

「也就是說，『鍾于士』這個角色，在城市裡很有可能就是某些人對嗎？」

「對啊，有太多人在婚姻裡被生活榨乾，失去自己，這時候就會想要逃離，需要一個可以陪伴與說話的人。我想，這是大都會裡很普遍的一種現象。」

「那你覺得自己以後若是結婚，有可能會像『鍾于士』那樣嗎？」

「如果婚姻狀況真的很不ＯＫ，其實是有可能的。（訪者笑）但我儘可能會確定對方是『對的人』然後才跟她步入結婚禮堂，這樣，精神出軌或是外遇的情形應該就會減低許多。」

「ＯＫ，那就先預祝你的愛情幸福美滿囉。」

訪者：也就是說，「鍾于士」這個角色，在城市裡很有可能就是某些人對嗎？

于士：對啊，有太多人在婚姻裡被生活榨乾，失去自己，這時候就會想要逃離，需要一個可以陪伴與說話的人。我想，這是大都會裡很普遍的一種現象。

訪者：那你覺得自己以後若是結婚，有可能會像「鍾于士」那樣嗎？

于士：如果婚姻狀況真的很不OK，其實是有可能的。（訪者笑）但我儘可能會確定對方是「對的人」然後才跟她步入結婚禮堂，這樣，精神出軌或是外遇的情形應該就會減低許多。

訪者：OK，那就先預祝你的愛情幸福美滿囉。

※　　※　　※

△水雲坐在沙發上，接受採訪者的訪問。

訪者：妳覺得，自己會嚮往成為「酈水雲」那樣幹練強勢，擁有自己事業的女生嗎？

水雲：不會耶，對我而言，工作雖然很重要，但如果可以遇見一個很愛我的男人，我會願意為他犧牲。畢竟我的個性，還是比較重視愛情。

訪者：是因為，害怕一個人的寂寞嗎？

水雲：不是耶，像我現在就真的是單身，我也可以把單身生活過得很好啊。其實是因為一段美好的愛情，可以帶自己看見不同的世界，也可以讓自己變成一個更好的人。一段美好幸福的愛情，其實很容易讓人上癮，（笑）尤其是女生。

訪者：所以不喜歡「酈水雲」那樣強悍的個性就是了？

水雲：嗯……也不能說是喜不喜歡。我是覺得每個人都有不同的人格特質，「酈水雲」的幹練強悍就是她，忠於自己才能活出

※　※　※

水雲坐在沙發上，接受採訪者的訪問。

訪者問道：「妳覺得，自己會嚮往成為『酈水雲』那樣幹練強勢，擁有自己事業的女生嗎？」

水雲笑回道：「不會耶，對我而言，工作雖然很重要，但如果可以遇見一個很愛我的男人，我會願意為他犧牲。畢竟我的個性，還是比較重視愛情。」

「是因為，害怕一個人的寂寞嗎？」

「不是耶，像我現在就真的是單身，我也可以把單身生活過得很好啊。其實是因為一段美好的愛情，可以帶自己看見不同的世界，也可以讓自己變成一個更好的人。一段美好幸福的愛情，其實很容易讓人上癮，」她笑，「尤其是女生。」

「所以不喜歡『酈水雲』那樣強悍的個性就是了？」

「嗯……也不能說是喜不喜歡。我是覺得每個人都有不同的人格特質，『酈水雲』的幹練強悍就是她，忠於自己才能活出屬於自己的自信與風采，也才會快樂，不必為了任何人而委屈自己勉強去遷就。」

「那真實的妳，跟『酈水雲』其實個性上差異還滿大的。」

「對啊。所以我覺得演戲很有意思的地方就在於，你有機會可以去扮演一個與自己性情截然不同的人。在戲裡過一下女強人的癮，其實也是挺有趣的。」

屬於自己的自信與風采，也才會快樂，不必為了任何人而委屈自己勉強去遷就。

訪者：那真實的妳，跟「酈水雲」其實個性上差異還滿大的。

水雲：對啊。所以我覺得演戲很有意思的地方就在於，你有機會可以去扮演一個與自己性情截然不同的人。在戲裡過一下女強人的癮，其實也是挺有趣的。

※　※　※

△晚萩坐在沙發上，接受採訪者的訪問。

訪者：這次每位演員所扮演妳筆下的人物，妳個人比較喜歡哪一個？

晚萩：我筆下的人物，不論是「查家男」、「艾尋晴」、「鍾于士」或者是「酈水雲」，每一個我都很喜歡。這次合作的演員，每位都是一時之選，演技是沒話說的，都將我筆下的角色詮釋到位，我覺得他們太棒了（比一個讚的手勢）。

訪者：晚萩姐覺得，創作故事寫劇本，最有趣的是什麼？最大挑戰又是什麼？

晚萩：就像我劇本裡所寫的，在故事的世界裡，我是人物們的神。話雖如此，但是當你走進創作的世界裡，你以為是作者在編故事、寫人物嗎？不是，到最後其實是這些人物在拉著作者的手走他們的路。這是我個人覺得創作很迷人很有魅力的地方。

訪者：那挑戰是？

晚萩：製造衝突。

△聞言，訪者有些訝異的神情反應。

晚萩：所謂製造衝突，並不是吵架打架這種有形的衝突，而是指無形的衝突。俄國有一位學者巴赫金，他提出「複調小說理論」，在他的理論裡就說明了，每一個人物的思想意識都是平等的，

※　※　※

晚萩坐在沙發上，接受採訪者的訪問。

訪者問道：「這次每位演員所扮演妳筆下的人物，妳個人比較喜歡哪一個？」

晚萩笑道：「我筆下的人物，不論是『查家男』、『艾尋晴』、『鍾于士』或者是『酈水雲』，每一個我都很喜歡。這次合作的演員，每位都是一時之選，演技是沒話說的，都將我筆下的角色詮釋到位，我覺得他們太棒了。」她比了一個「讚」的手勢。

「晚萩姐覺得，創作故事寫劇本，最有趣的是什麼？最大挑戰又是什麼？」

「就像我劇本裡所寫的，在故事的世界裡，我是人物們的神。話雖如此，但是當你走進創作的世界裡，你以為是作者在編故事、寫人物嗎？不是，到最後其實是這些人物在拉著作者的手走他們的路。這是我個人覺得創作很迷人很有魅力的地方。」

「那挑戰是？」

晚萩肯定地回道：「製造衝突。」

聞言，訪者有些訝異的神情反應。

她繼而又道：「所謂製造衝突，並不是吵架打架這種有形的衝突，而是指無形的衝突。俄國有一位學者巴赫金，他提出『複調小說理論』，在他的理論裡就說明了，每一個人物的思想意識都是平等的，對峙的人物是因為他們的思想有了對話關係，一直到故事結束都無法取得平衡而消弭。所

對峙的人物是因為他們的思想有了對話關係，一直到故事結束都無法取得平衡而消弭。所以寫作人所描繪的不是人物，而是存活於人物腦中的思想。因此當你創作一個故事之前，必須先設定所要探討的主題，與何種對峙的對話關係，而後你才有辦法去設計一個可以包裝這些人物的故事情節。

訪者：哇，寫作真可以說是一種理性與感性必須兼具的細緻工作呢。

晚萩：是的，每當完成這種艱難任務時，就會覺得很有成就感。

訪者：謝謝晚萩姐今天接受我的訪問喔。

△晚萩朝鏡頭一笑，揮了揮手。

S：102　　景：記者會現場
時：日　　人：尋晴、家男、于士、水雲、晚萩、導演、媒體記者、群眾

△記者會舞臺上，尋晴、家男、于士、水雲、晚萩，以及導演一字排開站定，此時鎂光燈四起，一直對著他們閃個不停。幾人面對媒體鏡頭，不停地微笑，或者變換姿勢。

△鏡頭一轉，是導演手拿麥克風，對著在場所有人說話。

導演：這次所拍攝的電影《慕晚萩》，是改編自慕晚萩小姐的同名小說，劇本也是由她操刀。這是一部展現臺北人各種愛情樣貌的電影，期望喜愛電影的朋友們，能夠支持臺灣原創，讓我們的電影產業可以更為蓬勃發展……

晚萩：（對著麥克風）希望上映的時候，所有朋友們都能夠到戲院裡捧場，給予國片最大的支持。國片因為有你們，所以擁有更美好的明天。謝謝大家。

所有演員：謝謝、謝謝大家。

△現場媒體仍在拍照，或各自訪問導演及其他演員。

以寫作人所描繪的不是人物，而是存活於人物腦中的思想。因此當你創作一個故事之前，必須先設定所要探討的主題，與何種對峙的對話關係，而後你才有辦法去設計一個可以包裝這些人物的故事情節。」

「哇，寫作真可以說是一種理性與感性必須兼具的細緻工作呢。」

「是的，每當完成這種艱難任務時，就會覺得很有成就感。」

「謝謝晚萩姐今天接受我的訪問喔。」

晚萩朝鏡頭一笑，揮了揮手。

◎○◎

記者會現場的舞臺上，尋晴、家男、于士、水雲、晚萩，以及導演一字排開站定，此時鎂光燈四起，一直對著他們閃個不停。幾人面對媒體鏡頭，不停地微笑，或者變換姿勢。

稍後，導演手拿麥克風，對著在場所有人說話。「這次所拍攝的電影《慕晚萩》，是改編自慕晚萩小姐的同名小說，劇本也是由她操刀。這是一部展現臺北人各種愛情樣貌的電影，期望喜愛電影的朋友們，能夠支持臺灣原創，讓我們的電影產業可以更為蓬勃發展……」

接著，晚萩透過麥克風說道：「希望上映的時候，所有朋友們都能夠到戲院裡捧場，給予國片最大的支持。國片因為有你們，所以擁有更美好的明天。謝謝大家。」

所有演員：「謝謝、謝謝、謝謝大家。」

現場媒體仍在拍照，或各自訪問導演及其他演員。

△鏡頭緩緩地拉開，最後定格在記者會印有四名演員影像的背板上。

△Fade out.

——全　片　終——

視線緩緩地拉開，最後定睛在記者會印有四名演員影像的背板上。

（全文完）

## 【後記】寫在《慕晚萩》故事之後：關於創作與生命的一種「打破」

這部小說版＋劇本版作品，對我而言是一個新的寫作嘗試。是什麼嘗試呢，我相信看不明白的讀者朋友應該不少，正因如此，才會寫下這篇後記，為得是向各位做一番小小說明。

一般小說或戲劇的敘事，大抵會將重點放在男女主角身上，因此會有很多戲份（或篇幅）著墨。在這個故事裡，相信讀友們正在閱讀或者讀完以後肯定會認為，「查家男」與「艾尋晴」是男女主角，因為著墨於他們的篇幅不少。然而事實正好相反。這故事裡『沒有任何男主角』，『艾尋晴亦非女主角』，唯一的女主角是『慕晚萩』，是以，故事篇名之所以取為《慕晚萩》，其實早已暗示了所有讀者。因此，不論查家男、艾尋晴、酈水雲或者是鍾于士，全是出於她的手筆，是她筆下的劇本人物罷了。在故事當中，我曾於慕晚萩的對白裡頭寫道：「我的現實世界裡，我是主角；但在故事世界裡，我晉升成為人物們的神。某些人物，其實都是部分的我；每一個部分的我，都在某些人物身上」，其實早已暗示，這故事裡所有人物的思維、特質，其實皆來自於她，是她創造了這些人物，這些人物因她而生，然後才茁壯唱出了屬於自己生命的調，走出屬於自己生活的路。也就是說，這些人物自她手筆底下生出來以後，已經脫離了作者，活出了人物的生命，是他們拉著作者的手，寫下了屬於自己的故事。這正是文本人物，與作者之間關係的微妙之處。讀文本，可以不理會作家的背景與人格，唯有如此你才能真正與文本靠近並且貼合，而絲毫不受作家的影響，這是一種純粹的閱讀。但文本與作家之間無法全然切割，仍存有一定程度的關聯，無可否認。

另一個全新嘗試是，在僅有故事「粗架構」於腦海裡成型的狀態下，便開始寫稿，沒有任何的故事大綱與人物設置。部分讀友可能知道，一部電影或一齣連續劇的劇本，在進入寫劇本階段之前必須先有故事大綱、人物設置、分集大綱（電影則無）、分場大綱，這些大綱的設計安排與撰寫皆須完成以後，方能進入寫本階段。這是編劇所必須受到的嚴格訓練與要求，甚至一般資深小說寫手或作家亦如是。但此次《慕晚萩》這個故事，我是在毫無任何前置作業的情形下便開稿寫作了。我想試試，不做任何前置作業的狀態下，寫作魂能被上帝如何帶領，能夠走到哪裡（這個「哪裡」之於作者而言是個懸念，很有一種能遇見未知的驚喜，所以非常有意思）。這樣的寫作是全新嘗試，當然也必須是在擁有十足寫作經驗的文字工作人身上才得以展現，不至於因寫不下去而導致斷稿的不幸。如此寫作方式，優點在於會有意想不到的火花，以及與未知相遇的驚喜。

再者，這個故事是以一點「後設」手法所完成的。說到後設的敘事，大概要兩天兩夜才能說得清楚，它有著不少敘事上的特色，如果真要說，那是有點偏學術了。為了不荼毒讀者們的精神，就不掉書袋了。在此只簡略地說明一點：在現實世界裡，作者、讀者、故事人物、拍攝工作的層次、故事架構，全都是各自獨立，不可能相遇的。但在故事世界裡，我們可以打破並跳脫這許多框架，讓這些層次相互融合，讓所有人可以彼此相遇。這，就是創作神奇之處。

如同現在，我正在與你們相遇。我愛你們，也請你們一定要愛我喔。還有，我正在戀愛，和我的故事與戲劇。這，也是一種打破。

將這本書獻給於二〇一三年離世的男友建成，謹以此書紀念你。在完稿五校以後，才恍然其實我不知不覺中已將故事裡非男女主角的「家男」與「尋晴」（尋情），寫成類似你我之間的情感樣式。你之所以吸引我，在於陽剛的男人味，在於你豐富而精彩的人生閱歷包括你的情史（哈）。記得你生前曾對我說過一句話：「磊瑄，妳這麼單純（他的意思是，我是一個很不社會化又沒有心機的女生），如果有一天我先走了，誰來保護妳？」未料，你我之間的結局真如你所言，一語成讖天人永隔。這麼多年過去了，我始終單身一人。不是貞節烈女、不是守身如玉，而是被一段美好的愛情養刁了胃口，不願隨便。如今只是在等待一種相同優質層次的情感，但我的心態持平毫不強求——我將於茫茫人海中尋訪我僅餘之心靈伴侶，得之我幸；不得我命。**東方社會**對於像我這樣的女生，或有可能貼上「不祥」標籤，我必須承受不少非罪的議論。我相信你英傑之靈，會欣慰著我仍一如往昔，堅持走在創作的道路上，毫無因你的離世而沉淪。這才是你所引以為傲的磊瑄，在我還不清楚自己以前，你早已明白了我。我們的情感曾相濡以沫，你於我生命裡所鑿刻之深的痕跡與力道，對我的影響相信早已超越你的預期與想像，讓我們都變成一個比已往還要更好的人了。寫完這一段，我的眼眶有點熱，喉頭也有點滿了，於是就此打住。

最後要闡明的是，這故事其實是藉由各個人物，探討有關都會裡各種情感樣貌的呈現，另輔以律法、良心與道德三個層次，來檢視人物情感上的行動。好了，做個Ending吧。城市裡，不論愛情或婚姻，每人皆有不同立場與傾向，進而呈現出各種不同情愛樣貌。然而這些不同立場與傾向，皆緣於不同思維意識。人物活著，不是他們被虛構出來的肉體，而是其腦海中的思維，是思維構建出對話，對話立場的不同，進而形成了對峙。對峙促成了紛爭，然而也拜對峙之賜，於是我們的世界得以精彩萬分，有著許許多多不同的故事正在上演——不論是真實故事，抑或是文本故事。言語未盡之處，仍意猶未盡，但還是保留一些話，待下回再聊吧。不過，平時還是可以來磊瑄的粉專聊上幾句喔。「徐磊瑄的，心情左岸」：https://www.facebook.com/Hsu.Lei.Xuans.Creative

——全　文　終——

釀愛情10　PG2536

# 慕晚萩

作　　者　徐磊瑄
責任編輯　喬齊安
圖文排版　楊家齊
封面設計　王嵩賀

出版策劃　釀出版
製作發行　秀威資訊科技股份有限公司
114 台北市內湖區瑞光路76巷65號1樓
電話：+886-2-2796-3638　傳真：+886-2-2796-1377
服務信箱：service@showwe.com.tw
http://www.showwe.com.tw
郵政劃撥　19563868　戶名：秀威資訊科技股份有限公司
展售門市　國家書店【松江門市】
104 台北市中山區松江路209號1樓
電話：+886-2-2518-0207　傳真：+886-2-2518-0778
網路訂購　秀威網路書店：https://store.showwe.tw
國家網路書店：https://www.govbooks.com.tw
法律顧問　毛國樑　律師
總 經 銷　聯合發行股份有限公司
231新北市新店區寶橋路235巷6弄6號4F
電話：+886-2-2917-8022　傳真：+886-2-2915-6275

出版日期　2021年2月　BOD一版
定　　價　320元



**Printed in Taiwan**

國家圖書館出版品預行編目

慕晚萩 / 徐磊瑄著. -- 一版. -- 臺北市 : 釀出版, 2021.02
面 ;　公分. -- (釀愛情 ; 10)
BOD版
ISBN 978-986-445-449-5(平裝)

863.57　　110000604

# 讀者回函卡

感謝您購買本書，為提升服務品質，請填妥以下資料，將讀者回函卡直接寄回或傳真本公司，收到您的寶貴意見後，我們會收藏記錄及檢討，謝謝！如您需要了解本公司最新出版書目、購書優惠或企劃活動，歡迎您上網查詢或下載相關資料：http:// www.showwe.com.tw

您購買的書名：________________________________

出生日期：________年________月________日

學歷：□高中（含）以下　□大專　□研究所（含）以上

職業：□製造業　□金融業　□資訊業　□軍警　□傳播業　□自由業

　　　□服務業　□公務員　□教職　□學生　□家管　□其它____

購書地點：□網路書店　□實體書店　□書展　□郵購　□贈閱　□其他

您從何得知本書的消息？

　□網路書店　□實體書店　□網路搜尋　□電子報　□書訊　□雜誌

　□傳播媒體　□親友推薦　□網站推薦　□部落格　□其他________

您對本書的評價：（請填代號　1.非常滿意　2.滿意　3.尚可　4.再改進）

　封面設計____　版面編排____　內容____　文／譯筆____　價格____

讀完書後您覺得：

　□很有收穫　□有收穫　□收穫不多　□沒收穫

對我們的建議：________________________________

________________________________

________________________________

________________________________

請貼
郵票

11466
台北市內湖區瑞光路 76 巷 65 號 1 樓

**秀威資訊科技股份有限公司** 收

BOD 數位出版事業部

(請沿線對折寄回，謝謝！)

姓 名：____________ 年齡：________ 性別：□女 □男

郵遞區號：□□□□□

地 址：________________________

聯絡電話：(日)____________ (夜)____________

E-mail：________________________